什么让
这个世界
转动

Kirmen Uribe

Lo Que Mueve
El Mundo

科尔曼·乌里韦 著
罗秀 译

漓江出版社
桂 林

Liburu honen itzulpenak Etxepare Euskal Institutuaren diru-laguntza izan du.
La traducción de este libro ha sido subvencionada por el Instituto Vasco Etxepare.
本书翻译得到巴斯克文化研究院的资助

图书在版编目(CIP)数据

什么让这个世界转动/(西)科尔曼·乌里韦 著;罗秀 译.—桂林:漓江出版社, 2015.10
ISBN 978-7-5407-7547-6

Ⅰ.①什… Ⅱ.①乌… ②罗… Ⅲ.①长篇小说-西班牙-现代 Ⅳ.①I551.45

中国版本图书馆CIP数据核字(2015)第111841号

策划编辑:陆　源
责任编辑:郁陈琳
封面设计:居　居
责任营销:景迷霞

漓江出版社有限公司出版发行
广西桂林市南环路22号　邮政编码:541002
网址:http://www.lijiangbook.com
全国新华书店经销
销售热线:021-55087201-833

山东德州新华印务有限责任公司印刷
(山东省德州市经济开发区晶华大道2306号　邮政编码:253000)
开本:880mm×1 230mm　1/32
印张:4.625　字数:74千字
2015年10月第1版　2015年10月第1次印刷
定价:23.80元

——你离开毕尔巴鄂的时候还是个孩子，

而且从此再也没有回去。

你认为父母的决定是正确的吗？

——他们别无选择。

2011 年，波哥大，对 1936 年战争孤儿巴乌里诺的采访

第一部分

1

经历了格尔尼卡轰炸之后，巴斯克自治区长官何塞·安东尼奥·阿吉雷再次下定决心要力保本地区的孩子们安然无恙。同一年，也就是 1937 年，在 5 月和 6 月之间，一万九千名儿童离开毕尔巴鄂港口，分头奔赴数个欧洲国家。其中的大部分都在法国、苏联、英国和比利时找到了栖身之地。他们都是孤身一人漂洋过海，没有父母的陪伴，只有几个随时准备施以援手的老师陪同前往。

5 月 6 日，"哈瓦那号"轮船第一次从桑图尔塞港口出发前往拉罗谢尔，船上载着 2483 名避难儿童。昔日的"哈瓦那号"是一艘豪华远洋轮船，执行毕尔巴鄂—哈瓦那—墨西哥—纽约的航线，是由塞斯陶的拉纳瓦尔造船厂建造的，并且曾是该公司的明星产品。在 30 年代，它曾被命名为"阿方索十三世"，但随着共和国的建立，不但被改了名字，它的光辉岁月也如江水东逝一去不返。在内战爆发时，政府将它据为己有，想要将它锚定在港口并改造成一座医院。然而，"哈瓦那号"最终的命运却并非如此。它没有被搁置在港口，而是利用英国轮船"七海喷"开辟的用于运输矿产的狭窄通道，在毕尔巴鄂和法国的几个港口之间不停地往返。它的每一趟航程都受到长枪党武装驱逐舰的严密监视，尤其是“塞尔维拉将军号”。

毕尔巴鄂河口已经被完全封锁，想要突出重围并不容易。如果没有英国皇家海军的帮助，这根本不可能实现。西班牙起义军对英国人的保护颇为不忿，他们认为其他国家的干涉是不合法的，甚至威胁要将这些装满儿童的船只弄沉。但这些恐吓最终并没有成真，“哈瓦那号”得以在随后的一个多月中继续往来穿梭。最后一趟旅程起航于6月13日，船上载有4500名儿童，这时距毕尔巴鄂沦陷仅仅不到一个星期。

有些东西是永远不会被遗忘的。卡尔门图·昆丁·吉尔是众多登上“哈瓦那号”的儿童中的一个。那时她不过是个八岁的小女孩，哥哥拉蒙比她大两岁，兄妹俩都踏上了去往根特的旅途。一共有3278名儿童从巴斯克地区来到了比利时。如果考虑到这个接纳国的规模之小，就会发现这是一个非常高的数字。卡尔门图·昆丁和她的哥哥拉蒙是如何度过这趟横渡海峡之旅的？为了试图再现当时的情境，我拜访了当年与他们同船的米朗特姐妹。两人都是八十出头的年纪，至今依然居住在根特。跟许多登上“哈瓦那号”的其他孩子一样，她们再也没有回到过故土。“我知道自己现在脑子不好，但那一段旅程我终生难忘。”妹妹告诉我。这个患有阿尔茨海默氏症的老妇人非常详尽地向我讲述了童年那段苦涩的回忆。

首先她提到了那次轰炸。“一开始我们以为不过是场游戏，孩子们都喜欢站在那里注视着飞到毕尔巴鄂上空的飞机。”但他们立刻就发现这一切并不是儿戏。有一次，工厂里的空袭警报拉响，他们跑向卡尔萨达德马约纳台阶①的避难所——那时候的防空避难所就是莱

① 毕尔巴鄂市内的一处景点。

萨玛的火车隧道——同小区的一个女人却突然转身往回跑，怀里还抱着一个婴儿。“我锅里炖着菜忘了关火了！”这可不得了，她连忙跑回家去关火。可是当飞机的轰鸣声停止，人们都从避难所出来时，发现那个女人的房子已被夷为平地，一枚炸弹正好击中了它。那个女人躺在地上，已经死了，她的婴儿气息尚存，身体被一把木椅的椅子腿扎穿，正满身尘土地在一片废墟中痛苦号叫。

轰炸在毕尔巴鄂人中引起了恐慌，以及仇恨。有一次，一架似乎参与了轰炸的飞机在毕尔巴鄂附近的山上坠毁，一群女人循声而至，发现飞行员还活着。她们用做针线的针扎他，当场把他杀死了。

米朗特姐妹也没有忘记她们离开毕尔巴鄂的那一天。那是一个惨痛的日子。上千个孩子站在那艘巨轮的甲板上，甚至都不知道这艘船将要把他们带往何方。越来越多的孩子开始呕吐，景象令人心碎。海上有暴风雨。“把注意力集中到一样东西上，这样你们会发现自己忘记了其他所有的一切。”临别时母亲对她们说。于是她把注意力都集中到了鞋子上，这双鞋刚刚被母亲擦得锃亮。用纤细的手指，她解开鞋带又重新系上，就像妈妈教的一样：“你得把鞋带摆成玫瑰形状，一端放在另一端上面，就像这样。”把蝴蝶结不停地打开又系上，她真的忘却了一切，忘却了暴风雨，忘却了其他孩子们的哀号，忘却了已抛诸身后的家。就像《奥德赛》中的佩内洛普不停地编织又拆开，好让时间过得快一些一样，她忘记了自己所爱的人不在身边。“今天早上发生的事情我已经不记得了。甚至我都不会记得你来拜访我们。但那些景象却深深地刻在我的记忆中。”她一边说一边用拳头轻轻地敲打着额头。

没错，在听了米朗特姐妹的亲身经历后，现在我可以想象卡尔门图·昆丁在“哈瓦那号”上，跟她们一样，把鞋带不停地系上又解开。长大后当了裁缝的小卡尔门图，对着鞋子看了又看，在整个旅途中都没有呕吐。她的哥哥却吐了。“我比你大，现在我就是爸爸了。”离开毕尔巴鄂时他对她说。睡觉时他们背靠着背，这样对方就不会看到各自灰尘满面的脸，也不会看到默默流下的眼泪在脸上留下的黑色泪痕，就像月亮上干涸的河床。但当第二天早上醒来时，两人却是面对面的。轮船像一个被扔进海里的空鞋盒，到处都是漆黑一片。

在根特，所有的孩子都被带到一个叫作巴尔萨尔的巨大舞会厅。整整一火车的孩子站在舞台上，每个人脖子上都挂着一个小卡片，上面写着各自的姓名。卡尔门图盯着大厅入口处一块巨大的玻璃幕墙，上面画着一群健壮的男人正在试图推动一个巨大的轮子。他们用一些大木块垫在下面，想把轮子从淤泥中推出来。画面上只有一个女人，正牵着车，怀中还抱着一个婴儿；她跟那些男人一样强壮。在人群后面，整个构图的正中间，一面骄傲的红旗随风飘扬。

就在那里，昆丁兄妹将要分离。就在那个舞台上，各自被分配给相应的家庭。你跟这家走，你跟另一家。“你们俩要永远在一起，永远不要让人把你们分开。”出发前奶奶一边一个地搂着兄妹俩，抱了很久，然后对他们这样说。尽管如此，玻璃墙上的那个巨大的车轮还是带走了她的哥哥。拉蒙在人群中消失了，甚至连说再见的机会都没有。

过了一会儿，一个戴着眼镜的年轻人来到卡尔门图身边。

“你好，我叫罗伯特，罗伯特·慕斯切。”他微笑着用西班牙语对她说。

卡门深吸了一口气，于是，这回她吐了，吐得这位穿着深色西服的陌生人满身都是。

赫尔曼先醒了。他感觉到身边罗伯特平静的呼吸。他们睡在一起,在一间渔民的小平房里,他面朝着罗伯特,而罗伯特背对着他。那是1929年8月的圣母日,他们在比利时海边的东代恩凯尔克度假。

他们的憩息之地是一栋白色的木头小屋,这是渔民们用来存放索具的地方:一个方形的空间,门上有一个特别小的窗户。这些小小的房子排列得整整齐齐,看上去像一个个玩具,组成梦幻的场景。按照传统,所有的房子都是背对大海,面朝着陆地的太阳。

从罗伯特的身后,赫尔曼看到他的脖子,他黑色头发闪耀的光泽。白色背心使他的背部肌肉线条更加突出。赫尔曼喜欢他身上的味道:还不是一个成年男子的味道,而是更加柔和甜美。他用手指半开玩笑半认真地摩挲着罗伯特的肩膀,轻得几乎没有触碰到他的皮肤。接着他把手从罗伯特的胳膊底下穿过,并放在他的胸前。他按住罗伯特的胸口使他紧贴自己,感觉仿佛好朋友那健壮的身体跟自己融合在一起。他的心狂跳起来,并注意到自己在微微发抖。

赫尔曼闭上眼睛。整个下午他们一直在游泳。阳光下罗伯特的肌肉,让人感觉他的身体带着明显经常运动的痕迹。很瘦,却很强壮。在水中,罗伯特爬到赫尔曼身上,把脚架在他的肩头然后跳进海浪里。他笑着,吞着苦涩的海水。赫尔曼看到了罗伯特的尽情释放。他这位严肃而沉默的朋友,这时却做出孩子气的举动。有一瞬间,他甚至感到一丝隐隐的羞赧,仿佛罗伯特的快乐有些出格。

赫尔曼·蒂埃里后来写道,对他来说,罗伯特·慕斯切是他的第一个爱人。十七岁的时候他们还没有真正对女孩子动过心。当然追求过，躲在公园的雕像后面，享受着她们的美丽，这是事实；但是他真正的爱，最亲密的爱，是给罗伯特的。自从十五岁那年他们在学校认识以来从未分开过。上学的路总是显得不够漫长，他们常常迟到，只为了选择最远的路线，好在一起更长时间。他们经常聊天，有时是一些严肃的话题，有时也是些傻话。

赫尔曼欣赏罗伯特坚定的性格。人们很难对他说不；他说起话来总是信心十足，像个领导者。而赫尔曼则相反，他粗心大意得多，而且总是在学校惹麻烦。但他说话幽默俏皮，总是表现得魅力十足：他甚至能用语言捉弄魔鬼。赫尔曼认为罗伯特和自己是完全互补的。一个人缺失的东西，另一个人拥有。只需一个眼神，彼此就能心领神会。他们的相处自然舒适，不需要任何其他人的加入。此刻，他们正在这座渔民的小屋内抵足而眠。

这一生中，我会有比现在更幸福的时刻吗？赫尔曼想。在那个时候他们中的一个甘愿为另一个做任何事情。如果需要离家出走，他们会毫不犹豫地逃离。如果需要用双脚去丈量世界，他们也会勇往直前。只要两人心有默契，就再无其他后顾之忧。或者，至少赫尔曼是这么想的。虽然人与人之间的爱，不管是朋友还是恋人，从来就不是对称的。世界上没有完全公平的爱。

前一天早晨他们曾坐在沙丘上聊天。罗伯特递给他一支香烟，那淡淡的味道似乎直到第二天还留存在赫尔曼的嘴里。当时罗伯特回忆起自己第一次抽烟的情形，那是赫尔曼给他尝的。“在这方面也是我缠上你的。你这么健康正直的年轻人，总是我先尝试然后把你带坏。”自从抽了第一根烟，罗伯特指间就再也没断过那淡淡烟雾。赫尔曼也是，而且他更小资，常常叼着烟斗。赫尔曼暗自笑了，躺在罗伯特身边，闭着眼睛，暗暗嘲笑自己的做作。从沙丘上可以看到东代恩凯尔克那一望无际的沙滩；渔民们在公骡的帮助下，拉着网，不停地撒网，收网。当他们到达岸边时，渔网会突然跃出海面，网中的鱼儿们便开始像疯了一样不停地翻滚，跳动，徒劳无功地试图逃脱。

赫尔曼再次睁开眼睛注视着罗伯特。这个男孩身上发生了多大的变化！从小他就严肃而害羞，很少说话。他是那样早熟，当同龄人都在聊儿童文学的时候，他谈论起马克思就像小孩子说起圣诞老人一样自然而深信不疑。但最大的变化发生在他患病的那个春天。那次他得了阑尾炎，在医院住了一段时间。那期间唯一可做的事情只有读书。尤其是在沿海小镇布雷德内—泽恩度过的那个时期，他沉浸在卡米伊·弗拉马利翁、爱弥尔·左拉以及其他激进派作家的美妙世界。“当你回到校园时，已经变了一个人。”

赫尔曼再次抚摸着罗伯特闪闪发光的浓密头发，小心翼翼生怕把他惊醒。他是多么爱这个男孩——他的灵魂之友。那些秋日的傍晚，手挽着手沿着利斯河边，或沿着根特运河散步。而在夏日炎热的夜晚，他们就窝在罗伯特的陋居里。罗伯特的父母每天推着小车出去卖煎土豆，所以两个男孩可以单独相处，或者有时跟罗伯特的哥哥乔治一起。但只要聊天一开始，乔治几乎总是立即消失，因为他们不停地变换话题：关于作家，关于思想家，关于世界发展的不良趋势。“没人能听懂你们。”乔治说，然后就去忙他自己的事去了。他跟弟弟毫无相似之处，没人会认为他们俩来自同一个家庭。乔治不像罗伯特那样热爱阅读，也没有他那么强的社会责任感。他宁可跟自己的朋友们在一起，或者好好休息。他就是个普普通通的社区青年，对生活没有什么过高的要求，如果说有什么期望的话，那就是一份工作和一个女朋友。

通过那座位于费雷尔兰街上的小房子，赫尔曼和罗伯特的目标是整个世界。他们站在窗前，指间燃着香烟，看着街上来来往往的人。“一定有什么方法能让这个世界变得更好，能用另外一种方式来组织各种事物。”那些夜晚罗伯特常常说。他总是平静地开始一个话题，但不一会儿就激动起来，历数着世间一件又一件不公正的事情。赫尔曼总是表示赞同，附和说他是对的，一定有什么其他的方法。然而，每当这时候，赫尔曼的内心总是隐隐感到一阵恐慌。有一个疑问不停地侵扰着他：罗伯特是不是过于理想，过于天真，以至于看不到事物背后的真相。因此他心怀恐惧，害怕失去这个朋友。一个炎热的夏夜，他观察着罗伯特，手里拿着香烟，对自己说的话充满了信念。赫尔曼的心开始颤抖：他的朋友太直接，总是想什么就说什么，而这只会为他的生活带来伤痛。罗伯特需要学会如何自我保护，他不能以这种方式暴露自己。

罗伯特的呼吸突然加快了。赫尔曼把手拿开一点，停止了抚摸。他不想吵醒他。“如果他感觉到我正在这样抚摸他，将会怎么看我？”赫尔曼会无地自容。罗伯特的呼吸又放松下来。赫尔曼闭上眼睛，就这样静静地躺着，闻到罗伯特身上香甜的气息，听到海浪如何拍打着沙滩又如何被冲散，一时间回忆也像海浪一样向他涌来：一幕又一幕接踵而至，幻化成不同的形象，又渐渐结合在一起，像海浪一样消散开去。

天亮了。星星点点的光开始从小窗的窗帘里透进来。赫尔曼睡着了。但他睡得并不久，不过半小时的样子，第一缕阳光就把他唤醒了。就像骡子拉着渔人的网，阳光也拉开了这一天的序幕。一睁开眼睛，他就感觉到太阳映射在网眼上的光辉，让他不得不闭上眼睛。

他正要从床上起来。

“别动。”罗伯特突然说，并没有转过身来，“被你抱着我觉得很舒服……”

原来他已经醒了一阵了。

卡门·慕斯切的第一个回忆。

1945年，卡门三岁。妈妈拉着她的手，朝圣彼得火车站走去。她们走过长长的科宁·埃尔伯特兰大街。对于卡门的小脚丫来说，这条路显得更长。“快点，卡门，我们要迟到了。”每当她停下来的时候，母亲就拽她。面包店的橱窗、路边的小草……任何事物都能引起小女孩的注意。“快，我们走吧，卡门，爸爸在等我们。”每天都有从集中营发来的火车。其中一列上会有她的爸爸。谁也不知道在哪一列，也不知道会是哪一天到达，但他一定会来。

对于卡门来说，圣彼得火车站显得如此巨大。入口处坚实的柱子，天花板上用金和银绘制的国王和圣灵们的画像。入口通往两个又长又暗的地下隧道，那里的人们都行色匆匆，或向左或向右，沿着连接道路的楼梯仓皇而下，整个隧道就像一个巨大的排水渠。人群组成的洪水将会带来她的父亲。但是卡门不认识他，虽然母亲每天晚上都会给她看父亲的照片，虽然每天睡觉前她都要亲一下照片并对他道晚安。怎么可能认出他呢，谁都不知道他到达时会是什么样：是健康无恙，还是遍体鳞伤。

卡门跑向那些从火车上下来的陌生人。一会儿看看这个，一会儿看看那个。然后她喊着“爸爸，爸爸”，抱住了离她最近的那个人的腿。

有些东西是永远不会被忘却的。

2

陌生的地方总会让人感觉寒冷。被昏暗和阴郁笼罩着，才蓦然发现那些被我们逐渐抛诸身后的人们已经永远不在了。

从毕尔巴鄂逃离的那些孩子们，在横渡重洋的头几天里很可能就是这样度过的。无论如何，对他们中的很多人来说，到达比利时无疑是一种解脱。他们知道，根特将成为他们的家乡，虽然也只是暂时的。到达目的地的过程也费尽周折：他们在拉罗谢尔下了船，几乎走遍了整个法国。到达比利时后，他们被接种了疫苗，然后在海边的一座避暑营地度过了隔离检疫期。从那里，他们被分别送往比利时不同的城市，其中包括根特——它接纳了整整一火车的孩子。

在来到比利时的 3278 名儿童中，有 3000 人被家庭收养。他们没有像在法国避难的孩子们一样进入学校或孤儿院。在根特，大部分收养家庭的父母都是比利时社会主义党的成员，也有一部分共产党员和宗教组织的志愿者。所以在接收家庭方面，孩子们的运气都不错。当然，也有一小部分孩子是因为钱而被认领的，因为各种机构会为照顾这些孩子的人提供津贴。他们的经历就没有那么令人愉悦。

米朗特姐妹俩，其中一个被一对裁缝夫妇认领，成了他家的女儿；他们为她提供所需的一切，出钱供她上学，完成大学学业。而另一个却正相反，日子过得非常艰难：她被迫像佣人一样干活，打扫卫生，给动物们挤奶。在接纳巴斯克儿童的家庭中，值得一提的是居住在布鲁塞尔的犹太人艾克曼夫妇，虽然他们已经有了六个儿女，却又将八个巴斯克儿童置于自己的羽翼下保护起来。这家的父亲是从事国际贸易的。从意识形态上来说，他是左派。左派的犹太人，这对纳粹来说是最最可恨的类型。第二次世界大战给艾克曼家庭带来了灭顶之灾。这家的父亲和母亲都死在了集中营里。

渐渐地，这些孩子们长大了，也适应了新的环境。故乡的树和弗兰德斯的树投下的影子不尽相同，毕尔巴鄂的生活方式与根特也大不一样。孩子们遇到的第一个惊喜就是白面包；在战火中的毕尔巴鄂，能吃到的只有黑面包。另一件让他们又惊又喜的事情就是家里居然有玩具。每个人有自己的玩具，这在毕尔巴鄂简直是无法想象的。这些普通的玩具给孩子们带来一丝温暖、一种安全感。对他们来说，这是最大的变化：拥有玩具，不再上街疯跑，不再像在毕尔巴鄂一样，只能玩生锈的铁轱辘或者用破布做的球。在根特，他们有洋娃娃、小汽车、小起重机、自行车……哪怕这家的父母只是工薪阶层。此外，孩子们跟家人在一起度过很多时间，尤其是周末。不像在他们的家乡，父母常常不在家，也从不带孩子们聚在一起玩，家长总是代表着威严的形象。但是在比利时，人们总是习惯于在周末把一大群孩子聚在一个家里玩，在房间里，或在花园里。兄弟姐妹们，表兄弟们，朋友们，一大帮孩子在一起。

他们注意到的另一个巨大的变化是文化方面的：家庭对欣赏文

艺演出的热爱。在根特,人们习惯于带孩子去电影院看儿童剧或去跳舞。当然,卡尔门图·昆丁后来不止一次地回到最初的那个大舞会厅,在那里大人和孩子们一起跳舞。这里同时也是弗兰德斯工人联合会的所在地,经常组织各种针对劳动者们的活动:讲座、电影放映、舞会,甚至孩子们的生日聚会。再次来到这个舞厅,她在第一天到达根特时曾注视过的那面玻璃墙现在看来也有所不同。一群男子在一面骄傲的红旗下推着一辆车。而一个健壮的妇女拉着车,怀中抱着一个孩子。那是未来之轮,即将获得自由的车轮。不,对卡尔门图来说,那个轮子不再让她感到害怕。

她的哥哥拉蒙在新家的运气也不坏。他被分配生活在一个叫作乔治·罗艾斯的人家里。老罗艾斯喜欢鸽子,在他家的小园子里有一间鸽舍,里面养着鸽子。

"你们用鸽子送信么?"拉蒙问正在鸽舍里忙活的罗艾斯先生。

"有时候。"

"我想给我奶奶捎句话。"

"你想对她说什么?"罗艾斯背对着他,一边继续干活一边问。

"说我想她,但我现在很快乐。"

罗艾斯先生叹了口气。

"把它写在一张小纸片上。"罗艾斯沉默了一会儿,对孩子说。他双手还在忙碌着,并没有回过身,"我们把纸片绑在鸽子腿上。"

拉蒙立刻跑进屋又跑回来,拿来一张小纸片。他从鸽子中挑选了一只最强壮的,并用线把信系在它腿上。罗艾斯老爹把鸽子捧在手里,然后抛向空中。

"去吧,去毕尔巴鄂!"

拉蒙泪眼蒙眬地看着鸽子渐渐远去。每一次鸽子扇动翅膀，他的目光就闪耀一下。罗艾斯俯下身去。他知道这只鸟儿很快就会回来，它最后的目的地不会比自家的屋顶更远。

年轻的罗伯特此前从未到过奥托格兰切特中学校长的办公室。学校的这一区域对学生们来说完全是禁区。虽然在同一个校园里，那是另外一个世界：是成年人的围场，权力的国度。对学生们来说那是一个神话般的地方，光是关于校长办公室就有好多天花乱坠的传闻，而这些传闻大部分都是源自那些因为受惩罚而光顾过那里的坏学生们的随口吹嘘。

长长的走廊里铺着黑白相间的细砖，罗伯特听到秘书的脚步声，接着被带进了办公室。“在这儿等着。”于是罗伯特在办公室的接待处停了下来，那里挂着学院领导的门牌。他被告知在墙边的凳子上坐下。虽然想不通校长为什么找他，但因为自信没做错什么，他很坦然。尽管如此，这种未知还是让他有些紧张。坐在那里，他努力集中注意力审视着接待处的墙壁。墙上有桃花心木的精细装饰，就像某一时期根特的商人们在自家宫殿中采用的那种。罗伯特想起了自己位于费雷尔兰大街上那栋寒酸的房子里，墙上贴的是彩纸。房子就在墓园旁边，是用大木板搭建起来的。这条街被命名为费雷尔兰，是为了纪念巴塞罗那教育家弗朗西斯科·费雷尔·依·瓜尔蒂亚。他被西班牙政府指控为巴塞罗那血案的凶手之一，虽然国际社会提出强烈抗议，要求将其释放，但他最终还是被处决了。阿纳托尔·法朗士[①]还仿照爱弥尔·左拉在德雷福斯事件中的做法，亲笔写了一封

① 阿纳托尔·法朗士（Anatole France，1844—1924），法国作家、文学评论家、社会活动家。

公开信表达对费雷尔·依·瓜尔蒂亚的支持。

再往上看。雅致的壁炉,以及壁炉上方悬挂的画。随着时间的流逝,布料都已经陈旧了,在灰尘和油烟的沉积下变得斑驳。画面上是一幅冬天的场景。前景中,一个男子和两名妇女正平静地交谈。背景是一座双孔桥,桥下是河。右边,在画的一角,有两名男子在穿鞋。不,罗伯特仔细看了看,不是鞋,是冰刀。看上去那条河已经冻住了,人们在上面滑冰,穿着长长的斗篷,带着三角帽。这像是18世纪的画,罗伯特想。

这幅画让他想起了赫尔曼。他这个朋友是个最糟糕的滑冰者,世界上没有比他更笨拙的人了。然而,他很喜欢在冰上追逐罗伯特。两人抱成一团摔倒在地上,笑得喘不过气来。有一次赫尔曼那巨大的身躯倒在他身上,两人摔下去脸贴着脸。有那么一瞬间,赫尔曼呆呆地看着他的嘴唇,再也无法移开目光。那是多么漫长的一秒钟。然后他站起来,拉住罗伯特的胳膊。

"来吧,起来!"

罗伯特永远不会忘记那一秒钟的凝视。

"罗伯特·慕斯切?"秘书叫他。

他终于走进了校长办公室。透过窗户可以看到街上熙熙攘攘的车流。外面的勃勃生机让他感到惊讶,因为从学生们的房间往外什么也看不到,他们的视线被限制在内院。望着街道,他突然想起了上小学的时候,因为得了全班第一名,学校让他坐着敞篷马车在全市巡游。从他住的社区出发,到市中心,然后沿着运河两岸走过。那是那个时代奖励最优秀学生的奇怪方式。他还想起,在那次全城巡游之后,人们让他躺在地上,用书本盖住他的全身,那是他书房中的第一批藏书。将他埋住的不是金子，而是书。

菲特曼斯校长很重视罗伯特。他是一名勤奋的学生，从来不在课堂上捣乱。总体来说他是班上最优秀的。十五岁那年，因为阑尾炎，他在医院住了很长一段时间，菲特曼斯还去看望了他。虽然只是寒暄了几句，没有说任何特别的话，但一校之长屈尊来看望的举动使罗伯特深受感动。

他的同学们也去探视了。其中第一个就是大块头赫尔曼。来到医院时，朋友们身上带着自由玩耍的活力和街头的气息。罗伯特很喜欢这种气味，混合着少年的汗味和冬日的清新。他想念日常生活。

菲特曼斯先生摊开手掌，示意这个男孩子在他办公桌对面的椅子上坐下。罗伯特一直盯着他的手：手指很短，肉多得几乎看不到婚戒。他突然想到，这枚戒指恐怕永远摘不下来了。

“我听说了你父亲的事。”

“至少他还活着。已属万幸。”

“生活，有时候就是这样……”

罗伯特的父亲在针织厂遭遇了事故，一个肺受到严重创伤。他放弃了车间的工作，现在不得不推着小车在街上卖煎土豆来维持生计；但很显然，那点钱根本不足以应付家庭日常的开支。

菲特曼斯校长从椅子上站起来，走到窗前。他一边注视着街道，一边继续说：

“问题是你们家必须得有人养家糊口。”

“是的。”罗伯特低声回答，在椅子上一动不动。

“比利时国家银行行长正在招募既能干又勤奋的年轻人。你应该会很适合这个工作。”

离开校长办公室的时候，罗伯特流泪了。一方面，没错，他将有一份可以支持家庭的工作。但另一方面，很不幸，他将不能再继续上学，更没有机会完成大学学业。他将永远无法实现从童年起就一直怀抱的梦想。但他很清楚自己不能拒绝校长的建议。

他别无选择。个人的雄心壮志没有那么重要。他的家庭需要这份支持，而他必须担负起这份责任。他想起了这些年来，在运河边散步时同赫尔曼那些长时间的交谈。

“罗伯特，在你看来，是什么驱动着世界的运转？”有一次赫尔曼问他，“按照尼采的观点，这种隐形的力量是权力；马克思认为是经济；而在弗洛伊德看来，则是爱。你觉得谁说的有道理？是什么让我们活着？”

“你呢？你怎么看？”罗伯特反问道，为了争取思考的时间。

“我同意尼采的观点，”赫尔曼肯定地说，“是权力在驱动这个世界。”

“我怀疑这种说法。”罗伯特大胆地提出反对，“一开始我想过，这种秘密的力量是经济……况且你也知道，我是多么崇拜马克思。”

“是，当然。”

“但是不，赫尔曼，让我们活下去的是爱！这种深沉的力量是爱。或者说，至少我愿意相信这一点。在这方面我赞同弗洛伊德的观点。”

然而，从校长办公室走出来的那一刻，罗伯特却迷惘了。

迈克·蒂埃里，赫尔曼的父亲，是一个在根特很受欢迎的人。虽然是一名教授，他的名声却来自于在自然学领域的工作。他是根特植物学研究的先驱之一，甚至还利用环游世界时收集到的植物建立了一座小型博物馆。多年来他积累了数量可观的植物学藏书，此外还拥有一些署他的名字的出版物，主要是在森林里绘制的一些植物图样，以及他长时间的研究成果。作为教授，迈克·蒂埃里是激进而大胆的，他喜欢了解教育学领域内的最新发现并将其应用到实践中去。他组织学生们去山上实地考察，甚至经常就在森林里授课。他带学生们去博物馆，而学生们则协助他的实验室工作，对刚刚从野外收集回来的植物进行测量和分类。

赫尔曼和罗伯特的门第悬殊，这是显而易见的，但是从意识形态上来说，两人都是左派。赫尔曼的家庭在城市中很有名望，日常起居处处流露出资产阶级的习惯，热爱文化。这甚至从他们走路的方式、在用餐时间如何摆放餐桌、穿衣风格，甚至从日常生活最细微的动作上都能够看出来。罗伯特很喜欢这种优雅，并且努力在尽可能的程度上模仿这种优雅。他自己的家庭则截然相反。在费雷尔兰街上，生活只能因陋就简。那种在家里无法接受到的文化，这个男孩子从一切可能的地方汲取。

虽然罗伯特来自一个贫穷的街区，或者也许正因如此，赫尔曼的父母很喜欢他，经常邀请他来家里。“你永远不会再有另一个和他一样的朋友。”赫尔曼的父母多次对儿子说。

罗伯特有一种天生的亲和力：跟年长的人说话是一种方式，跟年轻人说话是另一种方式。他很懂得设身处地为人着想，这在青少年中是很难得的。每当蒂埃里先生谈到某种植物时，罗伯特总是全神贯注地听，从不例外。他比赫尔曼专注得多，后者总是表现出很无聊的样子。毫无疑问，比起从父亲嘴里听到那些已经听了几千次的东西，赫尔曼宁愿跟朋友一起在花园里聊天或在大街上散步。“爸爸，够了,你别烦我朋友了。”他挽起罗伯特的胳膊想把他带走。即便如此,罗伯特还是会坚持恭恭敬敬地等蒂埃里先生把话说完,所以赫尔曼经常坐在门口铺着细砖的小台阶上等他。

而此刻赫尔曼也在教室里等他,忐忑不安,迫不及待地想知道菲特曼斯先生对他说了些什么。

“他责怪你了吗?”

“没有。他替我在国家银行谋到一份差事。”罗伯特说,没有表现出多少兴奋。

“这太棒了。你将有一份好工作,足够维持一家人的生活……”赫尔曼努力让罗伯特想想好的一面。

“而且我也不必再应付考试了。我将只学自己真正想学的东西:诗歌、历史、文学……除了阅读什么也不用做了,只读自己想读的书,我将永远忘记那些枯燥的必修课。”

虽然罗伯特试图用这些话欺骗自己,但赫尔曼很清楚,放弃学业对他来说是个沉重的打击。从他的眼睛可以看出他哭过。正如后来赫尔曼写道,罗伯特从来没有因为他的朋友完成了大学学业自己却没有,而表现出任何嫉妒。“我们一起看我的分数,甚至当我得了优秀时,他还会祝贺我。”

3

有两个好朋友的地方总会出现第三个。

罗伯特和赫尔曼的第三个朋友名叫罗伯特·布里塞,是他们在奥托格兰切特的同学。他的爱好是音乐,钢琴弹得十分娴熟。他常在蒂埃里家里弹奏,罗伯特和赫尔曼一听就是几个小时。一般来说,罗伯特总是请求他弹奏贝多芬的曲子。

“在这世界上没有哪个作曲家像路德维希·凡·贝多芬那样伟大。”罗伯特以他一贯沉着的语调说。

“德彪西和拉威尔也不赖……”赫尔曼回答说。

“不要盲目追随这一时的潮流。其他这些人没有贝多芬的气势。最重要的是,他是一个有尊严的艺术家。你们也知道,他给一些社会名流授课,比如说伯爵和侯爵。他的学生中有一个名叫瑞纳的大公。问题是这位大公每天下午上课都会迟到,总是让贝多芬等他。直到有一天这位音乐家受不了了。他对瑞纳比从前更加严厉,一个错误都不放过。如果他弹得不好,就用指挥棒打他的手指。‘请您对我有点耐心。’年轻人恳求他。‘耐心,我等你的时候有,不过现在已经用完了。’据说后来,这个可怜的瑞纳总是非常准时。而贝多芬在对他的要求上也更有分寸。”

“喂，赫尔曼，你也得学着点，以后要准时。”布里塞坐在钢琴旁边向他挑衅。

“你闭嘴。”

“但发生在歌德身上的事情更有趣。”罗伯特继续说，没有理会那两个朋友之间的拌嘴，“他们相互不理解。这位大作家很景仰贝多芬，想结识他，不但主动跟他取得联系，还给他寄去用自己的诗谱成的曲子。但一切都是徒劳，他们天生就不是一路人。据贝多芬说，有一次两人手挽手散步，正巧看到王后和王子们从那里经过。‘别激动，咱们继续聊天，就当什么都没发生。’音乐家说。但是诗人松开了贝多芬的胳膊，停下来等着王室随从人员到达。音乐家从王后的卫队中横穿而过，以帽子微微示意，就目不斜视地大步走开，贵族们也纷纷向他问好。相反，歌德却让到一边，请权贵们先过，并摘下帽子，鞠躬行礼。‘你这样做不值当，’贝多芬严肃地对他说，‘他们可以下令制造任何东西：船舰、宫殿、武器；但我们的大脑却是无法复制的。’歌德永远无法原谅他的放肆。”

“瞧！又一个革命家！”赫尔曼说。

“贝多芬我也喜欢，但我更喜欢莫扎特：他是最接近完美的。”布里塞插嘴说。

“没错。”罗伯特表示同意，“贝多芬自己也承认这一点。他知道自己的造诣在巴赫和莫扎特之下。”

“从年轻时开始他就希望能跟莫扎特同台演奏。”布里塞在钢琴边说，“这是他的梦想，但是这位萨尔茨堡的大师不肯接受。看上去似乎他不希望身边有年轻音乐家。在那个时候，这一拒绝对贝多芬造成了极大的伤害。”

“无论如何，”罗伯特想替自己崇拜的音乐家开脱，“必须承认在历经岁月之后他学会了原谅。他总是公开承认莫扎特的天才，虽然他同时认为莫扎特是一个被宠坏的孩子。从小莫扎特的父亲利奥波德就教他什么是该做的，不仅在音乐的世界给他指点，也在生活中指引他。而贝多芬则相反，他完全是自学成才，没有从家庭得到任何特殊关照。”

“来吧，布里塞，给我们弹一首吧。”赫尔曼说着把头靠在椅背上，“你们说的太多啦，每次都这样。”

于是布里塞开始弹奏第 27 号乐曲的第二部分，这首钢琴奏鸣曲叫作《月光》，是诗人路德维格·瑞尔斯塔格在贝多芬去世很多年以后命名的。罗伯特一直不喜欢这个名字，对他来说，这首曲子所表达的意境远远不止月光，这种单薄的美并不令他感到愉悦。在他看来，这首曲子表达的是一种巨大的空虚感，是“存在”这件事情的严肃和疲惫。

罗伯特对贝多芬的评价令赫尔曼印象深刻。当他发现，在布里塞指尖流出的音符间，罗伯特是多么激动时，他更加深受震动。

1945 年 3 月 16 日，维克·奥普德比克在日记中写道：

亲爱的：

我刚刚听完贝多芬的音乐会回来。乐队演奏了第八交响曲。这位音乐家是个真正的天才！他的音乐令人感动。我哭了，因为想起了你。你应该在我身边的。

亲爱的，你在哪儿？

4

罗伯特的梦想是自由自在地环游世界,没有任何牵绊。至少他曾不止一次地这样向赫尔曼承认过。去南美洲旅行,了解那片遥远的大陆,体味古代文明留下的痕迹,探索无边无际的热带雨林。在家庭方面,他并不渴望成为父亲,甚至内心里有些抵触,害怕本已沉重的肩头又要承担起这样的责任。他担心失去仅存的一点自由,舍不得把用于品味文化和阅读的宝贵时间挥霍在孩子身上。但是卡尔门图·昆丁,来自毕尔巴鄂的不到九岁的小女孩,一夜之间打消了他所有的顾虑。卡尔门图不但没有占用他的空闲时间,还帮助他一起成长:跟她在一起度过的所有时间里,他发现自己所给予她的,得到的回报都是双倍的。"'你很快乐,并把快乐传染给别人;没有比这更大的恩赐了。'有一次贝多芬对年轻的李斯特说。那么你看,在我们家,没有比卡尔门图更大的恩赐了。"数年后罗伯特如是说。

但因为他还要去银行上班,主要是他的父亲奥古斯特·慕斯切负责照顾卡尔门图。从小女孩来到他家起,老人像获得了重生。他说自己的病好多了,只要跟卡尔门图一起走在街上,他看上去就年轻许多,把惯常的严肃放在一边,跟她一起蹦蹦跳跳,返老还童了一般。

六月炎热的傍晚，南风习习，小女孩最喜欢的游戏就是卖煎土豆。在奥古斯特爷爷的注视下，她紧紧抓住小车，不停地寻找兜售的机会；每当有人靠近，总是第一个上前问人家需要什么。她几乎不让奥古斯特干活。“你接着煎。”她命令他，用词和表情都带着这个年纪的孩子们常有的滑稽的严肃。她穿上围裙，当起了称职的服务员。她既是服务员又是老板：把尖角纸袋递给顾客，有时候甚至还帮着收钱。客人离开时她都会说：“非常感谢！欢迎再来！”而心怀感激的顾客们总是报以微笑。

没有生意的时候，小女孩感到无聊，把手放在煎土豆上。奥古斯特就会用叉子示意她不许再偷吃了，这些已经煎好的土豆是用来卖的。然而，过不了一会儿，他就主动给了她一大堆。“不吃都凉了。”他开玩笑地说。小女孩吃着煎土豆，奥古斯特抚摸着她的脸颊并向她保证：“总有一天我会给你煎无数土豆，让你吃到再也不想吃为止。让你一次吃个够！”

奥古斯特经常跟卡尔门图聊天。他认为对孩子们就应该不停地说话，以便让他们学习正确地表达自己，并了解到一种语言的不同层次，只有这样他们才能学会如何在应对生活中各种情形时都游刃有余。正是这样，奥古斯特把自己对自行车运动的爱好传染给了她，也是他教会她骑自行车，在漫长而泥泞的费雷尔兰大街上扶着她练习。他从某个邻居那借了辆自行车，收拾收拾专门用来教卡尔门图骑。奥古斯特对自行车运动了解很多。每年的三月都会举办根特—韦弗尔海姆自行车赛，就一天时间，这是对自行车爱好者们的考验。每到这一天，根特小城万人空巷。其中有个叫罗伯特·凡·艾纳姆的自行车手是奥古斯特爷爷最喜欢的，他来自根特附近的一个小镇，非常瘦,耳朵像蒲扇,骑着自行车好像两个轮子上架着一道闪电。他经常是第一个骑上阿登高地的人。爷爷不停地对她讲凡·艾纳姆的英雄事迹,但是小女孩自然要更多地将注意力集中在如何让两只脚在踏板上保持平衡。

他们也去看电影,每周一次,特意去看迪斯尼的动画片。如果没有动画片,也会看卓别林的无声电影。卡尔门图非常喜欢这个人物。她喜欢在家里化装成他的样子,带着爷爷的帽子,画上小胡子。奥古斯特总是扮演反派,因为卡尔门图每次都命令他这样做。一般都演追捕卓别林的警察,遇到倒霉事的也总是他。

1938 年的圣诞节,卡尔门图收到了一份特殊的礼物。在根特,赠送圣诞礼物的日子是 12 月 5 日,比圣诞节要提前很多。一个叫作圣·尼古拉斯的老爷爷带来礼物,放在每个人的鞋子旁边。那年圣·尼古拉斯给卡尔门图送来了一辆自行车,车座上还挂着一张小纸片,上面写着:"送给卡尔门图,我们的小凡·艾纳姆。"

在我看到的那个时期的照片中,只有骑在自行车上的这张,小女孩在微笑。在所有其他照片中,她总是一副严肃的表情,若有所思。

赫尔曼每年夏天都去英国,在赛乌尼斯家里待上三到四个星期。这个家庭来自根特,几年前搬到了希钦地区。热拉尔·赛乌尼斯和迈克·蒂埃里从年轻时起就是朋友,应赫尔曼父亲的请求,他很高兴在自己家里招待这个年轻人,并让他学习英语。1929 年的整个夏天,赫尔曼频繁地提到他的朋友罗伯特,要么是他们曾经一起做这做那,要么就是他肯定也会很高兴来这里练习英语。他向赛乌尼斯一家讲了这么多关于罗伯特的事,以至于第二年,也就是 1930 年夏天,这个好客的家庭把赫尔曼的朋友也邀请到了希钦。罗伯特在那里待了十五天，住在戈斯莫大道的一栋名为“塞尔芙”的美丽豪宅中。

这家的女儿名叫凡娜，跟罗伯特年纪相仿。从她送给罗伯特的照片上看，她是一个非常美丽的女孩。照片上的她有着机灵的眼睛，完美的双唇。短发。优雅非凡。她穿着一件白色衬衣，颈间是一串珍珠项链。一个精致的女人。目光聪慧而神采奕奕。一个任何人都会爱上的女子。

罗伯特也未能免俗。他写信告诉赫尔曼，英国之旅改变了他的生活，凡娜的影子在他的脑海里挥之不去：“她靠在窗边，用手，那只如此美丽的手，支撑在玻璃上。她蓝色的双眸中闪耀着太阳的光辉。”罗伯特久久地注视着她，但是不敢再有任何进一步的表示。

凡娜没有罗伯特那么浪漫。他们俩很喜欢待在一起，尤其喜欢谈论文学。凡娜博览群书，并有志在大学里攻读文学。但她的魅力不止于此：她是一个非常活跃的女孩，那股不安分的劲头不同寻常。

有一天清晨，罗伯特正在自己的房间睡觉，凡娜从街上朝他吹口哨。罗伯特来到窗前，她正在那里，骑着摩托车。

“一起来吗？”

罗伯特从来没有骑过摩托车。最初出于腼腆，他犹豫了一下，但最后还是接受了邀请。

“抓紧我的腰！”

罗伯特搂住她细细的腰身。凡娜带着他在英国蜿蜒的小路上兜风。风吹起了她的衣服。罗伯特的手能感觉到她腰部的皮肤。他的动作有些扭捏犹疑，好像怕伤害到她。相反，凡娜却镇定自若，沿着曲折的路，倾斜身体把摩托车倾向一侧或另一侧。凡娜的娴熟大胆令罗伯特十分惊讶，并因此而更加倾慕她。

而赫尔曼给罗伯特的回信是这样的:“想都别想,凡娜是我的。”原来赫尔曼也在前一年毫无保留地爱上了凡娜,并希望得到她。

然而,凡娜没有跟他们中的任何一个在一起。没有接受这个,也没有接受另一个。她后来跟一个英国男孩儿结婚了。根据她 1940 年写给罗伯特的信,我们知道在那个时期她的丈夫正在前线,在第二次世界大战中的英国军队里。

从那时起,再也没有任何关于凡娜的消息。

半个月后罗伯特离开英国时,凡娜送给他一本书。马修·阿诺德的《批评随笔》。赠辞中写道:“这只是一本我非常喜爱的旧书,我想也许你也会喜欢。最诚挚的祝福。凡娜。”而书中有一段用下划线做了标记:“人类越来越意识到,我们必须将全部注意力集中到诗歌上去,以解释生活并寻找慰藉,以使我们的存在充满意义。没有了诗歌,科学是不完整的。”

在回程的船上,罗伯特凝望着浪花,想着凡娜划出的这几行字。她想通过这些文字给他什么样的暗示?她指的是诗歌,还是他那种过于拘谨的性格?

“罗伯特无法将这段经历从脑海中赶走。凡娜让他如此失魂落魄,以至于从英国回来以后,仿佛他的心还留在那里,他整个人并没有完全回来。”日后在回忆起这些日子的时候,赫尔曼这样写道。

周日下午,跟往常一样,罗伯特和赫尔曼一起去看电影。这天放映的是一个动作片,不需要太多思考。看完电影他们总会去德安科尔咖啡厅喝点东西。

“这部冒险电影让我觉得很渴,”赫尔曼说着把身体往后一仰,“我要点一杯好酒,欧波尔图葡萄酒。”

“我可不需要这种装腔作势的东西。一杯茶就够了。跟在英国的时候一样。”罗伯特故作神秘地对他说。

“可怜的人，总会过去的。”赫尔曼想。

服务员来了，端着牛奶壶、银质小勺、精致的茶壶和茶杯。

“这位少爷只想喝杯茶。不过这不会比欧波尔图葡萄酒更便宜。”赫尔曼刺激他说，“没错，我是个装腔作势的人，但你也不过是个自以为是的家伙。”

周日总是属于电影的。埃米尔·杰宁斯的冒险电影、诺玛·塔尔梅奇的《茶花女》、艾丽斯·特里的《情人》。那是默片的黄金时代。那时候埃米尔·杰宁斯是个炙手可热的明星，在电影里一贯以英雄形象示人。但是当有声电影时代来临，他没有能够跟上潮流的脚步，最终被边缘化了：他不懂得如何用语言来表演。此外，后来有传闻说他曾跟纳粹合作，之后就再也没有找到用武之地。

每次看电影，罗伯特总是在字幕结束之前站起来。他常常是第一个离开的。每当感觉到电影马上要结束时，他就走了。赫尔曼则相反，他喜欢等到最后一刻，直到灯光亮起，所有的观众都离场。如果电影的结局很好，他会站在那里若有所思，也许是希望好好回味这种愉悦。如果结局不好，留在座位上的理由就不一样了，仿佛想要再给它一次机会。不管哪一次，罗伯特总是在外面吐着烟圈等他。

5

在收养“战争孤儿”的家庭中，有一个很特别的母亲。她叫阿里内，在根特激进派的圈子里是一个勇敢而受人尊敬的女人。

罗伯特跟她很早就相识。她是革命主义和自然主义者，已经有一儿一女，但当得知“哈瓦那号”的情况，她又收养了第三个孩子：来自毕尔巴鄂的男孩格拉西亚诺·德尔·里奥，虽然他最终还是在遥远的墨西哥结束了颠沛流离：由于第二次世界大战，他不得不离开根特逃往大西洋彼岸，从此在那里定居下来。

罗伯特和阿里内经常带着行军帐篷，跟孩子们一起到山上去度周末。卡门和格拉西亚诺经常见面，所以成了玩伴。

“你知道吗？卡尔门图。”在帐篷里玩的时候格拉西亚诺对她说，“阿里内在家里经常光着身子走来走去。”

“什么衣服也不穿？”卡尔门图感到难以置信。

“一丝不挂！要不我们也把衣服脱了吧？”他想都不想就脱口而出。

“你胡说什么呀！老兄！”卡尔门图断然拒绝，有点惊讶，有点恶心，急忙跑出了帐篷。

罗伯特的父母对阿里内的前卫做派并不认同。“多奇怪的人呀!”他听到父亲向母亲评论这种裸体主义,而且他们也认为卡尔门图不该经常去她家,但罗伯特并不理会。他喜欢跟她在一起:她是一个激情澎湃的女人,虽然有时有点疯疯癫癫的,但是很有活力,而且看起来卡尔门图跟格拉西亚诺相处得不错。既然如此,何必要给他们的友谊设置障碍?

在那些野营的日子里,罗伯特、阿里内和孩子们走在山间小道上,踏着西班牙共和国歌曲的节拍前进。他们排成一队,鱼贯而行,好像一群好心肠却一无用处的士兵。就这样不知不觉很快就登上了山顶。

2011 年 11 月,罗伯特的女儿卡门向我展示了她父亲的小型图书馆。所有的书籍都被收集整理并存放在根特郊外的一座古宅中。宅子位于罗切瑞斯蒂小镇,专门留出了一个大厅用来保存她父亲的书籍。这所房子建于 20 世纪初,曾是镇上医生的住所,从一百多年前开始就属于卡门丈夫的家族。楼下甚至一度还开过啤酒店。卡门的丈夫马克是一个退休的经济学家,和蔼且彬彬有礼。因为下着绵绵细雨,所以我们下了车就一路小跑到门廊下。

门厅里挂着一块儿童用的小黑板,上面写着一个拉丁文的句子:“Non vobis, sed vos.”这句话的意思是:“你拥有什么不重要,重要的是你是什么。”他们告诉我,在一次旅行中看到这句话刻在一座神父寓所的门梁上,从此以后就成了他们家的座右铭。我们走进了起居室。房子有高高的窗户,漂亮的镜子,和一架三角钢琴。在开始工作之前,我们在那里喝咖啡。

“这座房子对两个人来说太大了,很冷。”马克告诉我,“以前我们是个大家庭,但现在不是了。好多次我们都想离开这里,在根特市中心找一间公寓,可以看到运河。但是我舍不得放弃祖父所建的这栋房子。”

随后他们把我带到楼上,罗伯特·慕斯切的图书馆。

“您请便吧,我就在隔壁房间。”卡门对我说,“我想这些书都适合独自阅读。”

目前她正致力于整理父亲的遗物,信件、照片、文件都堆积在箱子里。我先从书架上开始浏览。藏书的规模让我惊讶,甚至罗伯特年轻时候购买的书籍都还完好地保存着。书的品类很丰富:有弗兰德语、法语、英语、德语和西班牙语,有诗歌、小说、随笔、哲学。我还意外找到了一本关于巴斯克地区的书:佩得罗·巴萨尔达(Pedro Basaldúa)的《巴斯克之痛》,是巴斯克政府于 1937 年出于宣传目的而出版的。书中收集了很多内容,其中有一首艾斯特潘·乌尔卡卡(Estepan Urkiaga)的诗:

孤独

鸽子惊慌地逃走
群山沉默不语
十个年轻人的英勇无畏,
从此于地下长眠!

诗的旁边有一个注释,讲述了诗人在维多利亚墓园被枪决的经过。

伯特兰·罗素、乔治·奥威尔、罗伯特·路易斯·史蒂文森、赫尔曼·梅尔维尔、约翰·沃尔夫冈·冯·歌德、弗里德里希·席勒、米盖尔·德·乌纳穆诺、米歇尔·德·蒙泰涅、威廉·克洛斯、皮奥·巴罗哈、卡雷尔·凡·德·沃斯提纳、米盖尔·德·塞万提斯、费德里科·加西亚·洛尔卡……罗伯特的藏书很有品位。但引起我注意的是一本摄影集《第一次世界大战中的绝密照片》,里面是德国军队在一战中纪录的各种瞬间:绞刑架和被施以绞刑的人、被强奸的妇女、水沟里的死孩子。而这本书的旁边是罗伯特·格拉维斯的回忆录:《向这一切告别》。我把它从书架上抽了出来。格拉维斯参加了第一次世界大战,隶属皇家威尔士步兵军团,并被派往法国参加阵地战。在那里他遇到了作家西格里夫·萨松和托马斯·哈代。他们是战争中的一代,可能也是英国文学中最出色的一代。格拉维斯讲述了很多趣闻轶事,也有一些关于暴力的可怕事件。正是那个时候,人类开始使用毒气。先是德国人,接着是英国人。氯气。吸入氯气的人会出现肺部出血,而后在难以忍受的痛苦中窒息而死。对于作家们来说,最不可容忍的是连英国人——所谓西方文明的先驱,也使用这种残忍的手段。

我随便翻了几页,看到一段关于西格里夫·萨松的内容。格拉维斯写道,在进入战斗前几个小时,萨松将他麾下的士兵带到森林里,但没有用“祖国”和“国王”之类的论调来动员他们,而是给他们读杂志上的幽默章节。还有一次,在前线,他坚持要驯服一匹黑色母马。这马非常美丽,但性子十分暴烈。他似乎是骑在马上,策马来到一堵很高的围墙边上,想让它跳过去。围墙大约有一点八米高。母马的确靠近了障碍物,但是一到墙脚下就停住了。他策马返回再次骑着它冲向围墙，但它再次停住了。然而萨松一点也不生气，不但没用长鞭抽它，反而耐心地试了一次又一次，最后终于成功地让它跳到了围墙另一边。

萨松因写了一封题为“结束战争：一位士兵的宣言”的公开信而家喻户晓，信中他控诉当局毫无原则，无情地揭穿了政客们的谎言，并声称真正受苦的是战壕里的士兵们，抛头颅洒热血却至死不明白为何而战。格拉维斯在书中引用了这封公开信的全文。然而，他要表达的是一种批判的态度，并不是针对信的内容，而是谴责那些煽动萨松去写这封信、自己却不肯放弃舒适生活的所谓和平主义者的知识分子们。萨松为此付出了巨大的代价：据格拉维斯记录，他受到了军事审判，但因为身体太过虚弱，最终没能承受住这牢狱之灾。虽然对朋友的思想表示认同，但格拉维斯认为，这样的牺牲并不值得。

我向卡门·慕斯切询问这两本书，以及第一次世界大战对罗伯特的影响。卡门从一个旧信封里拿出一张照片：“你仔细看看他胸前戴的东西。”罗伯特的外套上别着一个徽章，上面画着两只手正在从中间折断一支步枪。卡门告诉我，跟那个时期的很多人一样，罗伯特在年轻时就加入了反战联盟，那时候他从不摘下这个标志。事实上，一战在弗兰德人的心中留下了阴影。在三场血淋淋的伊普尔战役中，数千人失去了生命，这引起了苦涩的反战情绪。

虽然罗伯特就在根特本地服的兵役，但他的经历也并不愉快。有一段时间他因为肺炎住进了贝维尔洛医院，住院期间给赫尔曼写了一封信，告诉他自己一切都好，就是跟那些瓦隆士兵合不来。并不是因为在他们中间感受到敌意，信中说，也不是愤怒，而是跟他们在一起就是感觉不自在。那个时候的比利时，法语是知识阶层的语言，而弗兰德语是劳动人民的语言。因此,工人组织的报纸都用弗兰德语出版,而很多的左派知识分子虽然不是民族主义者,也选择使用这种语言。罗伯特得肺炎是因为有一天下午在暴雨中走进了森林。他喜欢暴风雨的日子,用脸去感受雨和寒冷。跟路德维希·凡·贝多芬一样。在谱曲的时候,这位音乐大师喜欢散步,尤其是在雨中,因为这能让他思路清晰。在年迈时,虽然已经聋了,但他总是在草地上边走边唱。有一次,他惹怒了一个正试图给牛套上轭的农民。因为看到一个人边高声唱歌边疯狂摇动着胳膊,牛们受到了惊吓,纷纷挣脱了轭逃上山去。农民大声嚷嚷着发泄不满,但贝多芬却对此一无所知。几天后,那个地区的农民们得知了这个在草地上边唱边挥舞胳膊的疯子是谁,他们才心平气和,从此不再理会他。而那些牛也不再感到害怕:它们微微抬一下头,看看这个疯子,然后接着吃草。

在写给赫尔曼的信中,罗伯特称自己在医院里的境况并不如意。有两天晚上,一只蝙蝠混进了医院的病房。白天藏匿在某个角落,一到傍晚就开始乱飞,在病房的天花板下到处横冲直撞。第一个晚上士兵们忍了下来,但是第二个晚上他们终于怒不可遏,想要抓住它。他们在军帽上拴上绳子,像扔球一样扔向那个小动物。蝙蝠却对士兵们的攻击应付自如,不管怎样总能躲过朝它扔过来的帽子。就这样在叫喊和狂怒中折腾了两个小时。

罗伯特觉得恶心。他恳求他们住手,放过那个小动物,但无济于事。他们坚持不惜一切代价弄死这只蝙蝠。因此,当蝙蝠飞累了落在地板上休息的时候,士兵们纷纷喝彩,高呼万岁。但正当其中一个人准备去抓住它的时候,医院的监督员走进了病房,想看看这里为什么如此混乱。

监督员拿走了蝙蝠并装进了笼子，第二天傍晚将它放飞了。小动物自由地飞入宽广而深邃的黑夜。

这时，卡门从另一个房间叫我，告诉我她在父亲的故纸堆里找到了一样东西。那是一个带有西班牙共和国旗帜的袖章，是罗伯特在加泰罗尼亚前线的时候戴的，后来每个周日给“战争孤儿”们上课的时候也总是戴着。

“这真是个奇迹！我妈替他保存着所有的一切。”

6

格拉诺勒斯，1938 年 5 月 31 日。两天前罗伯特刚刚到达这里。上午九时整，响起飞机的轰鸣声。九点零五分，这个镇子已经被夷为平地。就这一个来回，意大利萨伏伊-马尔凯蒂 S.79 轰炸机使这里的一切都被熊熊火焰吞噬。就是一刹那的事，不会超过地震的几秒钟，一个致命的瞬间。

轰炸发生时罗伯特正在街心。当他回过神来，周围的一切都已面目全非。头上是天，脚下是地。他对面的房子已是一片废墟，在碎砖乱瓦、木板和铁块的下面，有人在求救。他扒开一顶帽子、几块碎盘子、一个开裂的旧钟表，试图找到生命的蛛丝马迹。虽然能够听到呼喊声，罗伯特却无法找到这个人，更没有能力救他。突然，街上一阵混乱和嘈杂，救援队、救护车、警察，人们来回奔跑。但在那样巨大的噪声中，罗伯特耳边回响的只有那个被埋在废墟中的人的呻吟。

呻吟声突然停了，那个人嘴里发出了一声垂死的鼾息，接着便是寂静。吞下的灰尘令他窒息而亡。“他死了。就在我眼皮底下死了。而我却束手无策。”罗伯特感到痛苦，全身疼痛。接着又感到恶心。他诅咒自己：我愣愣地站在街上干什么？哪怕多扒开一块大木板呢？为什么我的手脚都能活动自如，而废墟下的那个人却再也不能？

罗伯特为自己的无能为力而痛苦。在那之前，他从未如此近距离地感受过死亡。真的没有办法挽救那个人的生命吗？他想起了医院的蝙蝠。它最后运气不错，被医院的监督员释放，安然离开了。但是那次他也同样无计可施。他只是看着，含含糊糊地说了一些话，仅此而已。他并没有挺身而出直面那五个疯了似的士兵。而此刻，在格拉诺勒斯，面对史上最严重的针对平民的攻击之一，他也没能拯救那位被困的男人。在短短一分钟之内，224 人死亡，161 人受伤。他诅咒那些飞机。会有人为这些罪行付出代价。

数年后父亲去世时，罗伯特产生了同样的感觉。自从在工厂里出事以来，父亲与病魔抗争了二十年。二十年。二十年费力的呼吸。这个性格坚毅的男人，曾经多么健壮高大，在生命的最后几年中却变得像小鸟一样孱弱。罗伯特目睹他就这样慢慢地死去，生命的火苗一点一点地熄灭，直到有一天发出一声啜泣，然后永远停止了呼吸。“如果一切正常的话，我父亲也许会很长寿。”罗伯特给赫尔曼写信说。但是上天却给了他异常艰苦的生活和工作条件。

握着父亲冰冷的手，罗伯特暗暗发誓：“父亲不会白死，再也不会发生这样的事。”他在格拉诺勒斯也发过同样的誓愿，跪在街心，握紧拳头仰望着天。

皇家剧院。1938 年 2 月 22 日。灯熄了。罗伯特和卡尔门图坐在双人软椅上。幕布徐徐拉开，这是巴斯克地区剧团的巴斯克歌舞演出。剧院里座无虚席，所有的“战争孤儿”在养父母的陪伴下都赶来了。演员们出现在舞台上。第一个节目是《卡萨兰卡》，这是雷克提奥的渔民们在圣佩得罗日跳的舞蹈。舞者在保存着教友会文件的大箱子上起舞。看到那些蓝色的上衣和格子领巾，卡尔门图想起了桑图尔塞港。接着，以八岁孩子的理解力，她很好奇舞蹈演员如何能在那么狭小的空间内腾挪跳跃，而不至于磕绊并从上面掉下来。她不安地观看着舞蹈表演，目不转睛地盯着大箱子上那个男演员的脚，时不时地，又看看那些抬着箱子不停移动的舞蹈演员们疲惫的脸庞。既担心，又隐隐有些期待舞者从上面掉下来。在所有的舞蹈中，卡尔门图最喜欢《卡萨兰卡》和《剑舞》，尤其是当最年轻的那个男孩被举上肩头，年长的舞者们众星捧月一般将他围绕，而剑身反射着舞台上的灯光。

在演出中场，合唱队唱起了一首摇篮曲：

小宝宝躺在摇篮里
白色的被子多暖和
如果你还不睡觉
大狗狗就要来了

奶奶说：我的宝贝，

快睡吧，快睡吧。

大狗狗来了，宝贝，

赶快睡觉，亲爱的。

这首《小婴儿》，从曲调上来说应该是世界上最美妙的摇篮曲之一，但这种美好背后却暗藏着威胁。小婴儿安静地躺在白色的被子里，但在第四行却出现了恫吓：如果他不睡觉，就会有一只大狗过来。费德里科·加西亚·洛尔卡在一次讲座中说到，巴斯克地区的摇篮曲中出现的形象并非那样严酷，而是更诗意化的，但我对此不敢苟同。还有另一首催眠曲，名字叫作《罗阿罗阿》，歌中唱道："爸爸的双耳筐里有钱，他在路上卖掉了妈妈。"或者，在另一个版本中："爸爸在小酒馆里寻欢，把妈妈留在家里。"而在一首接一首的歌舞中间，卡尔门图一定没有被大狗抓住，因为她不知不觉睡着了，而且一直到最后的热烈掌声中才醒来。

罗伯特·慕斯切保存着那天晚上的节目单，上面有关于这次演出的所有信息：舞蹈和演唱的剧目，参与者的姓名。我在搜索引擎输入"haurtxo txikia"（小婴儿），找到了巴斯克地区剧团在那个时期的一段录音。贝比塔·恩贝尔的嗓音令人陶醉。她是男高音歌唱家普拉西多·多明戈的母亲，曾在欧洲巡演，宣传巴斯克地区的风俗和文化。歌手路易斯·马里亚诺也参加了这次巡演。他们都是文化的使者。在巴斯克政府代表马努·德拉·索塔的带领下，那个项目中聚集了不少艺术家、舞蹈家和歌唱家。从节目单上看，宣传插图是画家安东尼奥·德·盖萨拉设计的舞台布景，在根特的这场演出由布鲁塞尔交响乐队进行伴奏。

在网上我还找到了这次巡演的照片。其中有一幅是艺术家们在根特运河的一条桥上合影，有二十多人。他们穿着大衣，从面部表情可以看出二月份冬日的寒冷。水面上有雾。另一幅照片上出现了那次演出的海报，悬挂在一家巧克力店的橱窗里。

1937 年，罗伯特准备了一个备课本，用于每周日为圣涅文斯大街上的孩子们上课。每星期抽一天，他把“战争孤儿”们聚集在一起，目的是尽量维系将他们与故土联系在一起的纽带。罗伯特教孩子们西班牙语，备课本上出现的那些作家的句子，都是从藏书中摘选的。他常常打开自己最喜欢的名家作品，把选中的段落抄下来。这些作者的名单很长：他摘抄的作家中包括孟德斯鸠、歌德、维克多·雨果、左拉、席勒、托尔斯泰、休谟、托马斯·卡莱尔以及奥尔巴赫。本子很小，方形的，就是学生们常用的那种。

随手翻阅了一下，我看到了萨福的三句话：

“面对仇恨，沉默是金。”

接着：

“一个美丽的人，只有当别人看到他时才是美丽的；但一个智慧的人，即使没有人看到，他也是智慧的。”

最后：

“如果死亡是件好事，诸神就不会永生。”

7

在一个信封里我们发现了一次去动物园远足的照片。罗伯特和周日课堂的学生们在一起。

我问卡门·慕斯切这是哪座动物园,但是她也回答不上来。她的丈夫马克拿过照片,立刻回答了我们的疑问:

“这是安特卫普动物园。”

“你怎么认出来的?”

“它的装饰是埃及风格的。”

照片上没有标明日期,但是从他们的穿着上可以推测那是一个春天。1938 年春天。孩子们在安特卫普动物园看狮子、猴子和海狮。看完所有的动物以后,在出口处他们发现了一个空盒子,里面摆着一面镜子,镜面上写着这样一句话:“人类,现存最危险的动物。”

奥古斯特爷爷在家里等他们,准备了好多煎土豆打算给小姑娘回来吃。他把土豆保存在炉子里,足足好几百块。但是卡尔门图却另有打算,没有按时回来吃晚饭。她跟格拉西亚诺在街上玩到很晚。

当罗伯特远足回来,他父亲问起卡尔门图。

“她跟我说她不饿,”罗伯特回答,“她在街上跟格拉西亚诺玩。”

当卡尔门图终于回到家时，爷爷打开炉子给她看。好几公斤的土豆，美味的土豆，闪闪发光，但那时候已经凉了。为了不让爷爷扫兴，卡尔门图试图全吃完，但是实在吃不下。吃掉四分之一的时候，她不得不放弃了。接着就去睡觉了。

罗伯特带孩子们来到了圣贝文教堂，欣赏弗兰德绘画的巅峰之作《神秘羔羊之爱》，也就是举世闻名的《根特祭坛画》。这幅画作是由休伯特·凡·艾克和扬·凡·艾克兄弟于1432年完成的，是一组在木板上绘制的油画。主要绘制者是休伯特，正如以拉丁文写就的画作铭文：画家休伯特·凡·艾克最大的发现之一。然而，最终却是他的弟弟扬不得不接手并完成了这幅巨作，因为休伯特在五年前去世了。祭坛画放置于圣贝文教堂主体建筑左侧的一个小教堂内，具体来说是在纪念乔斯·维德特和里斯贝特·布鲁特夫妇的小教堂内。

"这幅作品由成千上万个细节构成，代表着世界上所有的民族和种族，没有任何两张脸是一样的。在背景中出现了城市里的住宅、宫殿、城堡。你们可以看到，有人在城堡的某些窗户内向外张望。连植物都不是随兴而画的：除了欧洲植物，画家们还选取了亚洲的花卉和灌木。"

孩子们专注地听着罗伯特的讲解。

"现在你们注意看画面上方的天使们。正如你们所看到的，他们在歌唱。画家们对细节如此执著，据专家们考证，如果仔细观察天使们嘴部的动作，甚至可以猜出他们唱的是什么音符，由此也就能推测出唱的是哪一首歌。"

"我知道他们在唱什么！"格拉西亚诺突然说。

同学们都笑了。

“安静！”罗伯特生气地说，“那么，来吧，你说说是什么歌？”

“上前线去，上前线去……①”格拉西亚诺哼道。

卡尔门图目不转睛地注视着天使们的服饰，惊讶得张大了嘴巴。他们身上的披风多么美丽！丝绒的质地，点缀着金子和珠宝。她注视着左侧一个弹管风琴的天使。跟她以前见过的天使形象不同，这不完全是一个婴儿，看上去更像一个少年。他穿着一件长长的金色披肩，上面有深色的花纹，那是一种五个花瓣的完美几何印花。

“卡门，拜托，你会掉队的！”罗伯特在大厅朝她喊道。

“来了来了。”

1938 年 5 月 1 日。所有的“战争孤儿”走在游行的前排，旁边竖着一个巨大的标语：“西班牙法西斯已经杀害了一万名西班牙儿童！”这张照片发表在社会主义报纸《先锋报》的头版。在照片的一角，罗伯特·慕斯切正带领着孩子们。游行的路线跟自行车赛的路线一样，从玉米市场大街到贝尔福区。

西班牙内战形势越来越白热化，而国际局势也动荡不安。作为支持，很多作家和思想家联合起来声援西班牙共和国。那次游行之后没几天，罗伯特作为《先锋报》的特派记者前往加泰罗尼亚，并从那里发回关于东部前线的消息。

西班牙共和国当局向他签发的文件上记录的日期是 5 月 29 日。许可的期限只有十五天。

---

① 这是一首西班牙爱国歌曲，在西班牙内战中用于动员工人们联合起来对抗法西斯敌人。

国防部

兹授权罗伯特·慕斯切先生,《先锋报》记者,访问东部前线。

本授权有效期为十五日。

巴塞罗那,1938 年 5 月 29 日

总书记

罗伯特在西班牙内战中的那段时光并不为人所知。不清楚这十五天的行程是不是他唯一一次造访伊比利亚半岛,也无法得知那份许可是否得以延期。资料缺乏的那部分就像一个被遗忘的窟窿。我们只知道他曾到过格拉诺勒斯,在“欧洲旅店”租了一个房间,在那里他跟其他外国记者聚会,讨论关于战争的走势。从他女儿的口中,我们还知道他跟欧内斯特·海明威以及安德烈·马尔罗有一些联系。她们甚至还收藏过海明威寄给他的信,但在某一次搬家的时候不慎丢失了。也许是由于母亲的疏忽大意,那个装着信件的箱子永远消失了。

无论如何,可以确定的是,他跟艺术家阿图罗·索托和维多利奥·马乔的关系比跟海明威的关系更加密切。这两位分别是画家和雕塑家,积极参与了西班牙共和国的事业。他们的友谊如此密切,1939 年,罗伯特还帮助阿图罗·索托在布鲁塞尔组织了一次画展。不仅如此,在罗伯特的图书馆,还有索托赠予他的作品。那是一些黑白的铅笔画,上面有民兵枪决农民的形象。一组关于无数曝尸于阴沟的人们的悲伤作品。

在格拉诺勒斯,他的确发现了一个新世界,一个与专制抗争的世界,一个简单人的世界,同时也是艺术家的世界。对艺术家来说,创

作还不够，还必须解放自我，脱离于环境之上。罗伯特从加泰罗尼亚发回了很多新闻报道，其中有一篇关于费德里科·加西亚·洛尔卡的长篇报道在根特的读者中引起了特别的兴趣。

一来到新的天地，他立刻意识到事实是多样化的，并接触到了以前从未了解过的语言：加泰兰语、巴斯克语、加利西亚语。他带回了一大袋卡斯特劳的书，都是用加泰兰语写成的小说和诗歌。此外，他还学习了巴斯克语的历史：这个小众语言是如何历经数千年传承下来的。在他带回根特打算在《先锋报》上发表的数百张照片中，有一张是阿吉雷省长。也许罗伯特当时打算写点关于他的内容。有可能，但我没有找到任何线索。

8

1929年9月2日，赫尔曼十七岁生日那天，罗伯特送给他一本书：阿纳托尔·法郎士的《紫晶戒指》。在贺词中，罗伯特写道：

> 今天是你的生日，对此我很高兴。然而，现在你距离生活残忍地将我们分开的那一天更近了一步。
>
> 也许有一天你会把这本书捧在手中，但不是为了欣赏

文学之美，而是为了试图回忆起那个当年将它送给你的老朋友。

所以，希望这个礼物将来能帮助你在内心深处找到已经被遗忘的东西。

当赫尔曼读到这些文字时，他的第一反应是，不！不要如此悲观，他们俩永远不会因为一时恼怒而分开。要永远在一起。他们之间的友谊定会历久弥坚。

裂痕不是一夜之间出现的，往往都是长时间无法愈合的伤口所带来的后果。就像地震一样，地表下的各层在默默地积蓄压力，一层传递给另一层，直到在某一特定的时刻撕破地壳。我们常常自己也并不清楚感情破裂的原因，总要等到事情过去一段时间以后才能意识到最深层的理由。而且引起地震的原因很少是单一的——永远不会仅仅是一次分歧、一场争吵。只有随着时间的流逝，那个曾使我们如此痛彻心扉的理由才会渐渐地淡化，就像哥特式建筑正面的雕像一样慢慢地磨去棱角，不再让我们感到如此痛苦。

朋友之间，并不是突然就会生对方气的。相反，因为各自的生活渐渐走向不同的方向，正是这种无形的力量撕裂了友谊，就像撕开一块旧布。人们会想，怎么可能？曾经亲密无间的人变得如此遥不可及，曾经情投意合的人，日后会报以如此苦涩而无情的伤害，就像情人之间反目成仇。

是什么促使赫尔曼如此残忍地对待罗伯特？为什么他要将罗伯特的隐私公之于众，让他在全世界面前颜面尽失？难道他认为自己掌握着真相，就可以凌驾于罗伯特之上吗？难道他感觉到爱不够多，或者他认为这份友谊已经是过去时,应该抛诸脑后了吗?没有答案。很可能原因不止一个,跟大多数情况一样。

他们之间的最后几次对话再不像从前那样平和:他们再也不能通过一个眼神就彼此心领神会。他们经常谈论物质和精神,那次也一样。物质与精神对立:罗伯特在这方面是柏拉图式的,对他来说,物质和精神是两个独立的存在。

"你知道,古罗马人将灵魂称为'激励',也就是说,灵魂是激励人的力量,是动力,是灵魂赋予活着的人以生命。没有这种力量,赫尔曼,我们人类就毫无价值。"

"我感到奇怪,罗伯特,既然你不是天主教徒,为什么如此坚定不移地相信灵魂。没有了物质,精神就失去了本体。人是两者的结合,这一点科学已经向我们证实了。"

关于爱弥尔·左拉的小说《梦》,他们也发生过一场争论。罗伯特很喜欢这个故事:一个冬日的夜晚,绣花工们在一座教堂的门廊下发现了一个九岁的孤儿,他们收养了她,用仙女故事和圣人的生活来教育她。小女孩一直以为自己的生活也将是这样,直到在婚礼的当天去世。直到死去的那一天,安吉丽卡一直满怀着找到幸福的愿望。

"我觉得这本书天真得令人惊讶。"赫尔曼直截了当地评论说,给罗伯特当头浇了一盆冷水,"这跟《萌芽》毫无共同之处,就像是两个不同的人写的小说一样。"

"好吧,反正我很喜欢。无论如何,左拉想要表达的是,虽然出生在一个具体的环境中,但如果坚持追求某种理想,你的生活就会不一样。《梦》表达的是一种宿命论,讨论为何一个人的未来是天生注定,而没有任何其他的机会。”

“但她却在婚礼当天死了，这真是个自由的机会！”赫尔曼嘲讽说。

“并不是所有人都像你一样在蜜罐里长大，赫尔曼！”

据我后来所知，在赫尔曼与罗伯特的这些争论背后，隐藏着性的问题。随着时间的流逝，赫尔曼越来越不明白为什么罗伯特不愿意跟女孩们发生关系。每次爱上一个人，他爱的不是那个女孩，而是那个“人”，甚至可以说，他爱的是自己对于那个人的看法。他的爱情都是浪漫主义的、柏拉图式的；在赫尔曼看来，这完全是不合时宜的。

正因如此，罗伯特感觉到赫尔曼正煽动他作出一个自己不愿作出的决定，他更不喜欢赫尔曼在谈到这个话题时当着朋友们的面嘲笑他。

“再这样下去，罗伯特就得出家了……”

总是赫尔曼主动提起这个话题。而每当谈起性，罗伯特却都唯恐避之不及，他不喜欢谈论这个主题。

“性不是全部，赫尔曼。还有比这更重要的东西，比如友谊。我认为这更有价值。还有爱……而性会毁掉爱情。”

“没有性也会毁掉爱情。”赫尔曼哈哈大笑。

罗伯特一次又一次地抵御了天性的召唤，这种纯粹和天真激怒了赫尔曼。他曾以为罗伯特是在伪装出一个不真实的自己，但他慢慢发现他似乎真的不想享受生活的乐趣。

1930年，罗伯特认识了一个名叫伊冯娜·德·高伊的女孩。他们保持了四到五年的恋爱关系。罗伯特经常提到她的来信，这说明他们的关系还是很密切的。赫尔曼、罗伯特和她经常三个人一起出去玩。

有一年,他们在派提恩提啤酒店庆祝跨年。伊冯娜送给罗伯特一套莎士比亚全集,足有一千多页。她在赠言中写道:致我甜蜜的男孩,但愿这本书终于能让你满足。当罗伯特大声读出伊冯娜的话时,三个人都笑了。

后来,罗伯特先回家了,而伊冯娜和赫尔曼却意犹未尽,依然流连在夜晚的街头。他们继续喝酒:象征派诗人们最爱的洋艾酒。

"正如保罗·魏尔伦真心欣赏阿尔蒂尔·兰波,罗伯特真的很棒,我永远也达不到他的高度。"两人手挽手走在街上时,赫尔曼对伊冯娜说,"我顶多能算魏尔伦,而罗伯特则是兰波。我从来没有见过任何其他人像他一样诗意。他有一种令人难以置信的天赋,总能轻易抓住生活里最根本的东西,那些真正重要的东西。他惊人的洞察力使任何事物都逃不过他的眼睛……但是他应该更加勤于写作。"

"我不确定罗伯特是不是真的爱我。"伊冯娜改变了话题。

"怎么会不爱你?别这么说。"赫尔曼回答。因为酒精的作用,脸上还挂着笑容。

伊冯娜停下脚步,两人面对面站着,几乎脸贴着脸。

"我是说,我不知道他是不是拿我当女人来爱。"

"什么意思?"

"他不想跟我发生关系。对他来说,我是一个美丽、聪明、有教养的女孩。但仅仅是一个交谈者。见鬼。他从未吻过我,或抚摸过我,从来没有……"

她似乎要吻赫尔曼。

"好了,伊冯娜。我想我们喝得太多了。"赫尔曼打断她。

在 1934 年的一封信上，伊冯娜直接向罗伯特坦白了自己的感受，提醒他们之间的关系正在一落千丈。她也承认了曾就自己的处境向赫尔曼征求意见。

以跟伊冯娜的这些谈话为基础，赫尔曼创作了小说《欧罗拉》，没有提到罗伯特，也没有提到她，总之没有提到任何真实的人。这部作品是他在法国服兵役期间完成的，并在数年后，也就是 1940 年，以约翰·戴斯纳的笔名发表。小说以讽刺的口吻讲述了一对年轻情侣间的恋爱波折：男孩不愿意同女孩发生性关系，但女孩却渴望肉体的亲近，最后故事以两人分手告终。

也许这本书的创作意图是批评狭隘的道德观。小说讲述的内容的确远远超出了罗伯特和伊冯娜之间关系的范围，但是在根特，赫尔曼暗指的是谁，所有人都心知肚明。这也是无法否认的。

这对罗伯特来说简直难以置信：最好的朋友会对他做出这样的事。就算最近他们的关系渐渐冷淡下来，但过去的时光里一起经历的那些回忆，难道没能止住他的创作冲动？难道当一个有名的作家比他们的友谊更重要？难道他没有其他故事可讲了？难道没有其他任何情形可以代表他要表达的观点？所有那些并肩携手的散步，那么多美好的瞬间，难道都是谎言？都是可以信手拂去的旧日尘埃？或者，也许更糟，出身高贵的男孩在利用他这个又穷又害羞的年轻人？

就这样，罗伯特和赫尔曼的友谊戛然而止。赫尔曼曾试图道歉，辩解说这部小说完全是虚构的，只不过用他的故事作为灵感：所有的作家都是以现实为基础，然后才能一点一点地让想象力飞扬。

我愿意相信赫尔曼对罗伯特说的这些话都是出于真心，他是真的认为自己没有错。然而，在当时的情况下，罗伯特什么都听不进去。他是一个坚持原则的人，绝对无法接受这样的行为，即使是以艺术的名义。他很少生气，但是一旦生气，愤怒就会持续很长时间。他从不轻易原谅，而赫尔曼了解这一点。他知道自己很难再次接近罗伯特。

赫尔曼一直很后悔让事情演变到这个地步。他没有权利这样践踏罗伯特的感情：粗暴地闯入他的内心，用利爪将它撕碎，像一头狂怒的困兽，践踏着他的尊严。他深深地伤害了罗伯特那颗美丽的心。他无数次地想起几年前父亲对他说的话："你再也不会有另一个跟他一样的朋友。"

《欧罗拉》这部小说没有给赫尔曼带来多少成就，甚至都远远不能算在他比较出色的作品之内。这本书的水平十分有限，他最好的小说都创作于二战结束以后。

跟每天早上一样，罗伯特走进比利时国家银行。他是最早到达的员工之一。跟同事打了招呼，他就坐到柜台前，在公众接待的小窗口。透过铜柱之间可以看到朝向街面的玻璃大门，街上行人寥寥，这是一个细雨蒙蒙的早晨。

银行行长阿尔曼德·内文叫他去趟办公室。罗伯特感到很意外，不知道行长为什么找他。他整理了一下领带，来到了楼上。

他看到行长怒气冲冲，没有像平时一样问候他。

"罗伯特，账对不上。"他连早上好都没说。

"这不可能，内文先生，我检查了两遍。"罗伯特感到不知所措，他没想到行长要说的是这个。

"少了一笔钱。"

罗伯特急了。

“您不会认为是我挪用了吧，先生。”

“不，我不愿意这么想。我什么也不想，思考是诗人和哲学家的事。”他怒不可遏，“我的任务就是作出决定：取款机是你负责的，而这个银行的规矩就是，如果钱少了，就得自己补上。”

“可是……”

“我没什么可说的了。再见。”

罗伯特只得用自己的薪水把钱补上。这是一笔不小的数目，所以为了应付家里的开支，他决定再找一份兼职。很快，他开始在一个饼干厂上班。

因为每天傍晚都要为这个工厂做账，他总是很晚到家，疲惫不堪。

9

1937 年 6 月 19 日，毕尔巴鄂陷落。新的当权者们开始着手把孩子们接回来。“战争孤儿”使长枪党声名狼藉，所以他们要不惜一切代价解决这个问题。此前他们曾在孩子们离开桑图尔塞港时层层阻挠，但最终没能得逞。而现在，他们的目标就是尽快让孩子们回来，即便为此不得不使用伪造的文件。

首先采取遣返行动的是天主教会机构。在比利时,西班牙内战的结束和第二次世界大战的开始加速了孩子们的回归。对德开战引起了很多人的不安,同时他们相信在这种时刻孩子们在自己的故乡会更安全,这些因素都促使他们通过红十字会把孩子们送回去。

卡尔门图和拉蒙也不得不返回西班牙,虽然奥古斯特和罗艾斯并不情愿。“但他们害怕德国人。”卡门·慕斯切告诉我,“他们不得不对孩子们说谎,告诉他们红十字会会保护他们,而且回国的行程不会很长,就像他们离开毕尔巴鄂时一样。”

离别的那一天,他们一起拍了一张照片。在根特的圣彼得火车站外,奥古斯特爷爷和罗艾斯爷爷、罗伯特,以及站在中间、打扮得整整齐齐的卡尔门图和拉蒙。卡门比刚来的时候丰满了许多。显然,在费雷尔兰大街上那栋木头小房子里,罗伯特的父母将她喂养得很好。卡门指给我看,照片上还有年轻时代的女作家朵拉·玛依。

孩子们离开不久,从巴斯克地区传来令人不安的消息:他们找不到自己的父母。新政府只顾利用他们到处宣传,拍摄照片发表在各种媒体上。事实上,对孩子们来说,家,已经不是曾经留在毕尔巴鄂的那一个,而是被抛在了比利时。有一些孩子费劲周折得以和家人团聚,然而等待他们的是战后的饥荒。这里的家长不像在比利时遇到的父母那样热爱文化,对孩子们也更加严厉。在国外,他们曾经拥有过一切。也有一些孩子最终又回到了比利时,因为在巴斯克地区没有找到合适的安置之所。

慕斯切一家很难跟卡尔门图保持联系,因为二战爆发后,罗伯特上了前线,同时两国之间的通信也变得更难。

然而,卡尔门图的离去让他们十分难过。根据小女孩的一张照片，慕斯切一家为她塑了一个半身像。直到今天这个雕像还被完好保存在卡门·慕斯切家的老宅中。在贝多芬的雕像旁边，可以看到卡尔门图肉嘟嘟的脸颊。

1940年3月29日，在被比利时皇家军队征召入伍之后，罗伯特收到父亲写给他的一封信。信中，老人忧心忡忡地转达了卡尔门图的消息：她已经回到巴斯克地区，但还没有找到亲生父母。

罗伯特·慕斯切，军士

二排

一连

一营

三团

陆军部队

儿子：

感谢你3月26日的来信。你无法想象，每当能给你一些卡尔门图的消息，我们是多么高兴。据说她目前还不错，但还没找到父亲。相反，她的哥哥拉蒙似乎已经想方设法回到了毕尔巴鄂的家。希望他奶奶平安无事，要不然我们的小姑娘该怎么办？

我们希望她一切都好，无论如何，有一件事我可以肯定地告诉你：我很后悔把她送回她自己的国家，而且我相信你也一样！

你的父母，爱你

1940年5月10日，德国军队向比利时发动了猛烈的进攻。纳粹来势汹汹。然而，比利时军队在利斯河边拼死抵抗。在5月23日至28日之间，三千名比利时士兵牺牲在了战场上，而德国军队的死伤人数也大致相当，甚至更多。看起来似乎比利时人有能力抵挡住德国人的进攻。但是比利时国王莱奥波尔多三世却不顾盟军和比利时大多数公民的反对，向希特勒举旗投降，并签订了和平协定。史学家们称这是一个历史性的错误，如果当时比利时稍稍再做抵抗，第二次世界大战的走向将完全不一样。

罗伯特在前线负了伤，并于5月25日被转移到安特卫普医院。他左臂中弹，而且因为伤口开线，不得不长时间卧床。期间他突发奇想给前一年夏天认识的那个安特卫普女孩写信，也就是维克·奥普德比克。

他们第一次见面是在海边的一座青年旅馆。维克是跟安特卫普的一帮朋友们一起去的，而罗伯特和根特的朋友们在一起。维克对罗伯特的第一印象是傲慢无礼。他对很多著名作家品头论足，而维克一个也不认识。除了傲慢，维克甚至觉得他很丑：带着那只破旧的宽贝雷帽，看上去糟糕透了。虽然他带这种帽子是为了宣传巴斯克孩子们的悲惨境遇，不过看起来真蠢，不带贝雷帽的他会好看得多。

收到信的第二天那个女孩来了，跟他面对面坐在病床上。罗伯特发现她变了，比以前更漂亮了。五月的阳光从窗口照进来，使她的头发显得愈发金黄。天很热，她穿的蓝色衬衣将她娇艳脸颊上的蓝色眼眸衬得更蓝了。

“你不戴巴斯克贝雷帽，不穿着工作服，我都认不出你了。”维克对他说。

“我把它们藏在床底下了，说不定有用。”罗伯特回答，带着一丝调皮的微笑。

“我相信你。”维克说着在床边坐下。

“你好吗？”她换了一种更严肃的口气，并抚摸着他的肩。

“此刻很好。”

之后她每天都去看望他，从不间断。她坐在病床上，在他的身边。如果他睡着了，她也小憩一会儿。如果他醒着，他们就一直聊天。

跟维克在一起，罗伯特感到很舒服，甚至感觉到一种从未体会过的平静。他们之间没有任何联系，两人的世界也截然不同，但也许正因如此，他们的相处才更加自由，更有活力。他们总是用整个下午的时间互相倾诉，直到维克必须回时装店上班。

有一天，阿里内突然出现在医院里，老远就能听到她尖利的嗓音，恨不得整栋楼的人都知道她在那里。阿里内总是能把全世界都搅动起来。至少在这点上，连战争也没能让她改变。

“罗伯特，你这是唱的哪出？不就是负了点儿小伤么！”她冒冒失失地嚷道，大嗓门一如既往。

她注意到床边有一个金发碧眼的女孩，一个陌生女孩。一靠近病床，阿里内就用大腿把女孩顶到一边，好让自己跟罗伯特面对面。维克往后退了一步。

“这个小鸟儿是谁？”阿里内带着一贯的讽刺口气问，就好像维克没在跟前一样。

“一个朋友。”

“一个朋友？我才是一个朋友……”

阿里内正眼看了看维克，就开始滔滔不绝地谈论起来，跟往常一样，谁也插不上嘴。

“抗击纳粹这件事你做得很对，罗伯特，他们是罪有应得，而且这点打击还不够。一切都是我们这位国王的错，他是个蠢货。我们不该跟德国人谈判。我一丁点儿也不相信希特勒那头猪。这个疯子绝对不会就此住手……”

她兴致勃勃地谈论着战争和政治。罗伯特看着她，心思早已飘到了别的地方。等终于聊累了，她亲了一下罗伯特的嘴唇，然后告辞了。

“再见，帅哥。”

卡门·慕斯切告诉我，阿里内后来再也没去看望过他。据说，当朋友们问起原因，她回答说：“罗伯特被照顾得非常好！”

在医院度过的漫长时光里，为了消遣，罗伯特给维克看了一封在前线收到的信，来自格拉西亚诺。信封左上角的邮票是用铅笔画上去的，而收信人处则写着：罗伯特·“麻雀”·慕斯切。因为在弗兰德语中，慕斯切正是这种小鸟的名字。这封信写于1940年4月，从信中可以感觉到当时的前线还比较平静。

星期无（五），1940年4月12日

亲爱的头号瞌睡虫：

我很高兴你昨晚睡得很好，所以能好好读我写给你的这封信。

在上一封信里你告诉我的一切都是骗人的，因为你总是在做梦，所以我不爱相信，因为你给我写信的时候正在做梦，正因如此我不爱你。

罗伯特，你得原谅我，因为我巴（把）你的名字写错了，但是你真正的名字叫作头号瞌睡虫，姓说谎精。

在你看我的信时，好好地读，因为如果你正在做梦，你就什么都看不懂，这很遗憾，因为这样你就没法知道你的新名字。

那么就下一封信再见吧，我们写快点，不要睡着。

祝你健康快乐，好好散步，睡得更好，瞌睡虫！

格拉西亚诺·德尔·里奥

"那么，祝你好梦。"读完格拉西亚诺的信，维克就向罗伯特告辞。

罗伯特从背后看着她沿着长长的一溜病床走远。他注视着女孩的后背，她长长的秀发左右摇摆。

"如果我回头的时候他还在看我的话，"维克想，"我就跟他结婚。"

在出门之前，她回过头去，但是罗伯特正盯着天花板，若有所思。

10

在朋友这件事情上,人的一生能有几次机会?在我们心目中,有多少人算得上真正的朋友?赫尔曼坐在书桌前向街上眺望。正对面的房子和树一如既往,再过去是已经冰封的运河,鸭子们在冰面上行走。又有几个朋友能让我们感到非常、非常亲近?这是他在想的问题。

也许只有一个,赫尔曼想,让我们感觉如此真挚的朋友只有一个。而当他不在身边时,仿佛友谊很难达到一定的深度。也许是因为没有时间去加深彼此之间的关系,也许是因为生活把我们各自带往不同的方向。在这些情况下,留存下来的唯有曾经共同经历过的回忆——对于朋友之间曾产生过的那种亲密联系的回忆。一个人曾经得到过一次的东西,很可能永远都不会再出现。

真正的朋友会接受你本来的样子,包括缺点,即使是在某个时期你并不在他身边。哪怕很长时间没有见面,他也丝毫不会担心友谊减退:对于朋友来说,时间有另一种丈量方式,不会随着流年如逝水东去。不管相隔多久,跟他对话就仿佛前一天晚上刚刚见过面,仿佛还是多年前的那个他。知道他会永远在那里,会包容你生命中所有的错误，让人感到非常平静，一种也许是其他关系永远无法企及的安心。也许，友谊是所有关系中最完美，或者是最人性的。

阿尔基罗库斯写过："我有很多朋友可以晚上一块儿出去玩，但是如果我发生了什么不幸，对我忠诚的人却很少。"那么正是这少数人才是最重要的。赫尔曼再次问自己，人的一生中能有几次这样的情形。

"不要一味地想念已经失去的朋友。想想你曾有幸拥有过这样的友谊。"马尔塔对他说，"想想曾经这友谊是多么牢不可破。"

"没错。可这一切都是我的错……"

鸭子们还在结冰的运河上笨拙地走着。风呼啸着，撼动着光秃秃的大树。

自行车在平地上前进。春天，肥沃而一望无际的农田。草地上开放着海棠和杜鹃花。继续前行。维克从安特卫普出发，罗伯特从根特出发。他们约在半路上名为"拿破仑之榻"的一个客栈，周围是平坦而肥沃的农田。似乎这位皇帝曾经在这里留宿，据说在楼上的房间还保留着他睡过的床，而旅店也由此得名。

罗伯特听到自行车轧过路面的沙砾噼啪作响。他往前欠起身，好骑得更快些。用嘴吸气。然后再坐下。前方是遥远的地平线。苍穹上点缀着几片卷云。其他的云都被吹散了。他从小小的坡上下来时，阳光下的草原闪闪发亮。

维克踩着脚踏板，胸口一起一浮，一边回忆起他们认识的那天。她居然在跟这个第一眼让她觉得傲慢而丑陋的男孩约会，在皇帝下榻的地方：拿破仑之榻。

第二部分

11

罗伯特对赫尔曼耿耿于怀，连自己将要结婚的消息都没告诉他。是罗伯特·布里塞将婚礼的消息告诉了老朋友。赫尔曼激动地给罗伯特写了一封长信，首先祝贺他大喜，接着请求他的原谅。“曾经被你称为最好的朋友的人，不可能不为你的婚礼送上祝福。你年轻时的伙伴，那些你和我都永远不会忘却的时光。我知道，也许你不会接受我的祝福，甚至都不想读这封信。”

在信中，赫尔曼承认自己的做法欠妥。他反思说这是不公平的，并向罗伯特保证，早晚他会写作一本关于他们共同度过的青春时光的小说，以作为对那部平庸的处女作的补偿。他请求罗伯特的原谅，因为《欧罗拉》是在军队中写成的，在法国南部，离家千里之遥。那是他生命中最低谷的时期，感觉到极度的孤独和迷茫，恳请罗伯特能够理解。除了这封信，赫尔曼还寄来了一份结婚礼物，是一个花岗岩雕成的贝多芬半身像：“用以纪念我们一起聆听着这位德国作曲家作品度过的那些午后时光。”这个塑像由他的雕塑家叔叔完成，上面的签名是H.蒂埃里。一开始，罗伯特以为是赫尔曼亲自雕刻的：“他为了得到原谅付出了这么多心血。”但是几个月后，赫尔曼自己哈哈大笑着向他解释，那个 H 不是赫尔曼，而是他的叔叔亨利。他扶住罗伯特的肩膀附在他耳边说："没错，有那么一瞬间，我想过以此混淆视听，告诉你这是我亲手做的，但是我做不到。在士兵们中间我学会了很多东西，除了雕塑。"

事情并没有像赫尔曼所担心的那样。罗伯特不但阅读了信件，而且接受了他的道歉，两人之间的友谊开始慢慢复苏，虽然年轻时代曾拥有过的激情已经无可挽回地凋零，虽然那个伤口总是在两人之间标记着某种距离。他们重新做回朋友，但是再也没能恢复到像从前一样亲密无间。

罗伯特高兴地向维克朗读赫尔曼的信，并把贝多芬的半身像高高举起，就像运动员举着奖杯一样骄傲地展示。

"看上去他后悔了。至少在信中他承认自己做得不对。"罗伯特满意地说，"他请求我的原谅。"

"那你会原谅他吗？"

罗伯特摘下眼镜看着维克。

"他曾让你那么难过……"

"可是，维克，他是我一生的朋友。要懂得原谅。"

"原谅是应该的，这点毫无疑问。但是我要提醒你，重新跟这个朋友在一起不会给你带来任何好处。他会给我们惹麻烦。"

罗伯特没有理会她的最后一句话，有点恼怒地将雕像放在书架上。在书的上面，跟已有的半打贝多芬半身像放在一起。赫尔曼的礼物并非独具匠心，但对于这一礼物的象征意义他拿捏得十分准确，使罗伯特重新对他产生了信任。

1941 年 7 月 15 日星期二，罗伯特和维克在安特卫普大教堂侧翼的小礼拜堂里举行了婚礼。由于罗伯特不是天主教徒，教会不允许他们在主祭坛举办仪式。但我从卡门处得知，不管怎么样，新郎新娘双方的家庭都很满意，因为两人的信仰都得到了尊重：新郎是马克思主义者，新娘是天主教徒。由于维克的母亲在此之前不久病了，所以婚宴并没有大张旗鼓，只邀请了最亲近的人。虽然庆祝地点是一个小小的礼拜堂，时间是夏天的一个工作日，但似乎两家人在一起度过了快乐的一天。

回家以后，新婚夫妇在客厅放置了两张面对面的肖像：一面墙上挂着卡尔·马克思的铅笔画，而正对面的墙上则挂着圣母玛利亚的陶瓷浮雕。

“圣母玛利亚和马克思相处融洽。”有一次维克跟女儿卡门说，“至少在咱们家里没有任何问题，我们各看各的画像。而他们两个，虽然整天你看我我看你，也从未闹过什么别扭。”

“妈妈……”

新婚之夜并没有像他们梦想的那样美好。这天本来就起得特别早，而经过这漫长的一天，精疲力竭的新婚夫妇变得有些焦躁。到了睡觉的时间，维克发现罗伯特很紧张。

“你在想什么呢，老兄。”维克搂住他的脖子说，“你的脸拉得好长，今天可是我们一生中最美好的日子。”

罗伯特搂住妻子的腰，直截了当地问她：

“你认识过其他男人吗？”

维克惊讶地看着他。她不明白罗伯特指的是什么，也不知道该回答是或不是，不确定在这种时刻什么样的回答才是正确的。

“当然。”她不假思索地说。

维克的回答惹怒了罗伯特。他以为自己不是第一个跟她上床的男人。他感到耻辱。维克试图解释,却徒劳无功。

他们背对背睡了一夜。

“你真的认为他们在婚前没有发生过关系?”我问卡门。

“我母亲在性的问题上很开放。在我很小的时候她就给我很清楚地解释过这些事。但实际上那个时候的社会还是很保守的。不……我认为他们在步入婚姻殿堂之前没有发生过关系。”

“但是罗伯特所处的环境很不一样。他们都是进步人士。你曾跟我讲过阿里内在家里光着身子走来走去,还有……”

“没错,但是你别想当然……从这个意义上来说,也许我母亲的环境更加自由。她来自安特卫普,一个更大的城市。而根特在那个时候更小,我父亲的家庭虽然是左派,但在性关系方面是相当保守的。根特的底层工人们依然还是严格的天主教徒。几个世纪以来的习惯不是那么容易被忘却的。”

第二天早上,这对新婚夫妇在床上醒来,忧郁而沉默。维克抚摸着罗伯特的背,罗伯特转过身来紧紧抱住她,并开始疯狂地吻她。也许通过这些笨拙的动作,他试图让她忘掉前一天晚上的不愉快,并清楚地向她表明:他爱她胜过一切,即使他并非第一个。

“别动。”维克打断他,试图让他平静下来,“动动脑子,有点想象力。难道你不是作家? ……”

维克让罗伯特躺下,然后爬到他身上,慢慢地脱掉他的衣服。接着,她抓起罗伯特的手,开始用它抚摸自己的身体。

“让我来指引你的手,你不要动。就当它睡着了一样。”

就这样,罗伯特的手轻抚过她的肩膀,接着是手臂,最后是腹部。

罗伯特挣脱她的手试图吻她的唇，但是她不让："还没到时候。"她推他重新躺下，然后开始抚摸他，从胸口一直到下腹。她背对着他躺下，把臀部靠近他的腰。两人都侧躺着。她摸索着，缓慢地引导着罗伯特的阴茎进入自己的身体。

罗伯特注意到维克脸上有疼痛的表情。

"你还好么？"

"别说话……"

随着几下笨拙的运动，罗伯特高潮了。

在赫尔曼的小说中，"欲望"是一个永恒的主题。

战争结束后，他发表了小说《眩晕》，并一举成名。这部作品出版于 1947 年，跟他漫长的写作生涯中其他作品一样，以约翰·戴斯内的笔名发表，并被翻译成多种语言。小说讲述了一个在女子中学授课的老师的故事。在很多人看来，赫尔曼写作这本书的时候是以自身经历为基础的，因为有一段时间他曾经是一所女子学校的老师。

故事的主要情节是这个老师爱上了一个学生。整部小说都是他的独白，读者很难分辨主人公脑子里想的事情是真的发生了，还是仅仅是他的臆想。这两种视角的界限在小说中消失了，紧密交织于教师的脑海中。正如在日常生活中经常发生的那样，从某种意义上来说，这两种场景都是真实的。现实、梦、欲望——赫尔曼喜欢在这几个领域和界限内变换和写作。他还写过一篇关于后来被称为"魔幻现实主义"的文学现象的论文。事实上，赫尔曼是这一运动在欧洲的先驱者。在他的作品中，梦和现实总是交织出现。他的民族经历了两次世界大战，这也许是一种面对灾难的方式：战争改变了人们对现实的感知，童年时被灌输的价值观都已经消失得无影无踪，在地狱般的世界中毫无用处。因此,赫尔曼试图在文学作品中还原孩子们理解世界的方式;童真的逻辑比成人的逻辑更能满足他的需求。但这个"魔幻现实主义"跟同名的拉丁美洲文学运动毫无关系。欧洲的魔幻现实主义更加个人化,是从超现实主义继承而来的。而拉丁美洲的魔幻现实主义则更加普及:在后殖民时代,人们试图恢复一种本地化的叙述方式。

战争结束以后,跟很多作家一样,赫尔曼从具有社会使命感转向心怀梦想,从希望能够拯救整个民族,转向渴望恢复个人自由,从集体的"我们"转变成个体的"我"。战争是打赢了,没错,但是付出的代价太过昂贵,作家们集体失去了对人类美德的信仰。有必要挣脱理性的牢笼,让人类的激情、仇恨和梦想重获力量。其中也包括永恒的欲望。

那是罗伯特和维克最幸福的一段时光。维克给他带来了光明和平静。

"经历了一连串的痛苦,生活如此悲伤而令人忧虑。你也看到了,我依然没多大变化。我也不想整天愁眉苦脸,但是一夜之间,一切都变得沉重而艰难。在西班牙的经历也对我产生了很大的影响。这并不容易,我的朋友,当一个人内心涌动着这么多灼人的疑问,就很难再无忧无虑地生活。然而现在我开始享受身边的美:雪后树林的美景;黎明时分,一只蹦跳的兔子;一棵孤独的大树投下的影子……我重新又感受到四季的变换。"在一封婚后写给赫尔曼的信中,罗伯特这样说道。结婚以后,罗伯特终于表现得像个自由的人:他不再只做"应该做的事"。维克不属于他的圈子,也不属于同一个社会阶层。她来自另一个世界。所以最初在罗伯特周围相对封闭的环境中，这段恋情引起了人们的好奇。“那个女孩有什么特别的？”不止一个人这样想。罗伯特的朋友们都不理解他为什么会跟她在一起：她并不是那么有社会责任感，也并不博学。但显然，他们不得不承认，罗伯特跟她在一起很幸福。这一次，罗伯特不顾亲朋好友的疑虑，决定跟维克交往。

维克用嘲讽的口气对女儿说：

“你不用觉得奇怪。你父亲得了结核病，医生们要求他在家静养。正因为这样我们才有那么多时间在一起，而且那么快乐。那也就是几个月的事，结婚以后的头几个月，是我们一生中最美好的时光。幸亏他不得不休息一段时间，否则的话，都不会有你的出生。”

卡门向我展示了一张那个时期的黑白照片，上面是穿得整整齐齐的一家三口：父亲、母亲和女儿。罗伯特手里抱着卡门，并注视着她。维克在旁边微笑。

“从照片上看我们是一个幸福的家庭。”卡门对我说，“看到这张照片，谁都会说，他们多快乐！但那是屈指可数的平静时光。谁也想不到接下来会发生什么变故。那段幸福的日子就好像匆匆掠过的浮云。”

慢慢地，这对爱人相互探索着对方的身体，最初的笨拙变成了默契。维克很喜欢跟罗伯特一起躺在床上，说说笑笑。

“哄哄我吧。”维克把手放在他的胸口，在他耳边低语。

“给你讲个故事？”罗伯特淘气地回答。

“那我就看看你会不会讲故事。”

“你知道维特鲁威人吗？”

“不知道。”

“古希腊人有一个关于美的原则，叫作‘黄金比例’。波留克列特斯认为，人类最完美的身体长度是头部的长度乘以七，这个理论在公元前5世纪十分盛行。在这个理论的基础上，他雕刻出了很多作品，比如《持矛者》。”

“就是坐马车的那个？”

“坐车？不不，应该是走路的：他全身赤裸，左手扶肩，仿佛背上背着一根长矛。好吧，问题是，后来雕塑家们发现，这些雕像实际上并不那么美，所以他们创立了一种新的理论，不再把人体分成七个部分，而是分成八个部分。这就是那个叫作‘赫耳墨斯’的塑像的由来。”

维克把头支在罗伯特的胸口。一只耳朵听着丈夫的声音，另一只耳朵听着他的心跳。

“在文艺复兴时期，这一理论重新流行起来，”罗伯特继续说，“从这个传统，还发展出了莱昂纳多·达芬奇的著名解剖学画作《维特鲁威人》。事实上对莱昂纳多来说，人类身体最完美的尺寸是八个手掌长。”

“那你觉得我完美么？”维克调皮地问。

“好吧，那我们就来试试。”罗伯特也跟她开玩笑。

维克仰面躺着。

罗伯特首先用手掌丈量从头顶到嘴。他把大拇指放在她额头，小手指放在她嘴上，接着缠绵地吻着她的舌头和双唇。

“第二段：从嘴唇到脖子。”他解开她的衣服领口，轻柔地舔她的脖子。

“继续。”维克一边解扣子一边说，“继续，继续……”

“第三段：从脖子到胸。”他把拇指放到她下颌，小指放在双乳中间。

于是他开始抚摸她的乳沟，接着是整个胸。左乳，右乳，画着圈，从边缘到中间。罗伯特感觉到维克的乳头变得坚挺。

“第四段：从胸到肚脐。”

他抚摸着她的肚脐，用舌头将它润湿，并感觉到她腹部的肌肉紧绷起来。

维克迅速地脱掉下身的衣物。

“第五段：从肚脐到阴道。”

他用指肚抚摸着她的阴唇。先用她湿润的体液摩擦，接着用嘴去逗引它们，时不时地将舌头伸进去。就像亲吻一个长久分别的爱人，既温柔又坚定。

“第六段：到膝盖……”

维克用手捂住他的嘴，怀着对快感的渴望，让他进入了她的身体。

卡门·慕斯切于1942年8月16日出生在比尔鸠克医院。当得知是个女孩时，罗伯特为她取名“卡门”，以纪念那个当年他们不得不送回国的小女孩卡尔门图。第一个得知这个喜讯的是赫尔曼。那个炎热的夏日下午，他们沿着运河在树荫下散步，罗伯特告诉他这个消息的时候喜不自禁。“我经历了一连串不幸的事，但现在又重新感受到了四季的更替……”

12

卡门翻阅着母亲的纸堆,发现了一张撕成四瓣的纸。当她把碎片拼合在一起,发现这是父亲用打字机写给母亲的一封信。那时候罗伯特已经加入了抵抗运动,匿居在布鲁塞尔。信写于1944年,当时他在从事地下工作,所以如果用手写,可能会导致严重的后果。信上写道:

亲爱的你好,

不得不用这台破旧的机器给你写信让我感到很别扭。我简直不敢相信,距离在火车上亲吻你那时已经过去了两个星期。

日子一天又一天好似永无尽头。我已经完成了翻译,但这本书太蠢了,书里出现的那些矫揉造作的感情让我怒火中烧。与此同时,我们却在经历着一场真实的悲剧,来自于现实生活。因此这位资产阶级作者故弄玄虚的文字游戏让我如此心烦。

这份翻译工作对我毫无裨益,但是有两个原因让我继续下去：一是有助于我打发时间，二是能稍微挣点钱，因为未来是如此渺茫……

无论如何，每当试图将注意力集中到其他事情上去，我的思绪总是回到根特。我们的城市，世界上一个小小的地方，那里扎根着我们的幸福。根特就是你，和我们的女儿；根特就是我母亲，以及家人和朋友那个小小的圈子——我心里装着的屈指可数的人。但是在所有人中，最重要的还是你和孩子。我并不需要同你们分开才觉察到你们对我有多么重要，这种距离加剧了你不在我身边所带来的痛苦。在这世界上没有什么能够替代你。没有你的亲吻开启早晨，也没有你的抚摸来结束每一天。白天我想念小卡门的牙牙学语，这个奇妙的小生命只属于你和我。你知道，对于我们的结合我有多么感恩，而女儿就是婚姻的结晶。这是一个永恒的循环：父辈的生命延续到我们的孩子身上，过去与未来……

我很难过，父亲去世前没来得及看到孩子。因此，我想请求你做一件浪漫而又富于象征性的事：这几天你能不能去为他扫扫墓。

明天是复活节，我们的小卡门拿到巧克力蛋一定乐不可支。我很遗憾不能陪在她身边亲眼见证她的快乐。我多么希望能跟你们在一起，哪怕只有一秒钟……

这个星期我去了布鲁塞尔并跟赫尔曼见了面。他来找我要翻译的第一部分。第二部分我会在下周完成。

代我问候家人和朋友。尤其是我的哥哥乔治和他妻儿。给我母亲一个深深的吻，告诉她不用担心。我很好。

现在该你了，我的爱。我将尽可能地靠近你，在你耳边悄悄诉说我有多爱你。吻你甜蜜的双唇，温柔地。替父亲给卡门一个充满爱的抚摸。

亲爱的，我好想你……

罗伯特

卡门想知道为什么那封信会碎成四瓣。是母亲撕碎的？出于愤怒，因为丈夫不在家，因为他把她和女儿扔在家里？抑或，只是时间的杰作，就像一双愤怒的手？因为这封信是折起来放的，而箱子里又有点潮湿。对卡门来说，这些问题永远都没有答案。她生命的最近几年，也跟这封撕成四瓣的信一样：把各种碎片拼合在一起，从中寻找一种逻辑，一点一点地解密她的过去。

对于父亲信上提到的对根特的感情，她毫不意外。她了解他一心想把家安在那里。事实上，婚后不久他们就离开了安特卫普的家，带着小女儿回到了根特。罗伯特想把自己的一切都汇集到这个城市。那是他们该生活的地方，女儿将要长大的地方。十几年后她要去根特大学读书，那曾是她父亲的梦想。他自己无法达成的心愿，希望卡门能够实现。他们在火车站街区的保罗·弗雷德里克大街租了一栋公寓，二层59号。

当他们还是恋人的时候，罗伯特经常邀请维克来根特，带她去看那些最美丽的角落。他希望她能爱上自己的城市，但维克并没有那么容易被说服，她还是更喜欢安特卫普。第一次来的时候他带她去

了圣米歇尔思大桥,从那里可以看到著名的三座塔。走到桥中间的时候,罗伯特对维克说:

“这是根特最美的景色。”

桥上有一个突起的地方,从那里可以观赏到三座塔的全景。最近的那座是圣尼古拉斯教堂。中间那座叫作贝尔福特,是城市档案馆。最远处的尖塔是圣巴夫主教座堂。站在桥上远眺,会感受到一种特殊的氛围,仿佛回到了中世纪,从那遥远的年代开始时间就停滞了。从桥上往下看,运河两岸的风光尽收眼底。左边是根特的古老码头、旧时的市场建筑和成排的仓库,以及中世纪和文艺复兴时期的宫殿,一座连着一座。这个老港口被称为“香草码头”。再远处是中世纪的佛兰德伯爵城堡那深沉的轮廓。

他们在贝尔福特塔脚下拍了个合影,就在那尊叫作“吸乳者”的大理石雕像下,雕像中一个女子在给她的父亲喂奶。这幅浮雕作品是在西蒙和他的女儿佩罗的经典传说基础上创作的。西蒙被判决断食直至饿死,他的女儿每天上午都去监狱探望他,从不间断。原来,她偷偷地给父亲喂奶来使他存活。当终于意识到这个伎俩,当局不但没有惩罚他们,反而深受感动,并且将父女俩都释放了。

“正因如此,人们把这幅画称为‘罗马仁爱’。这个故事第一次亮相是在庞贝古城墙的壁画中。鲁本斯就创作过不止一幅以此为主题的画作。”罗伯特一边抽着烟一边解说,维克坐在金属栏杆上听着,垂着腿。

“我好像在哪儿听说过,在这世界上有三样东西是没用的。”维克突然想到。

“国王、教会等级制度和大富豪?”

"罗伯特,别又扯上政治。我跟你说的是更诗意的东西……"

"那你说。"

"落入海中的雨、白天的月亮和男人的乳头。"

"你看你!"

"知道了吧? 如果西蒙生的是个儿子,他就得饿死。是儿子的话,可能都不会去探视他……"

罗伯特想了一会儿。

"你确定男人的乳头一无用处吗?"他熄掉香烟,把烟头收起来。

"反正你的是无药可救了。"

有一天赫尔曼终于鼓足勇气向罗伯特提出建议。

"你经常问我,面对德国人的占领我们能做点什么:现在党需要人手。如果你能加入的话,同志们都会很高兴的。现在我们整个民族都心惊胆战,没有人敢公开反抗,而且你现在的情况……但我还是得问你,因为我在党委会承诺过。你愿意加入抵抗运动么?"

赫尔曼了解,跟维克和小卡门在一起,罗伯特是多么幸福。他清楚地知道自己提出的问题就意味着这样的美好生活将岌岌可危。而最主要的是,他知道罗伯特不会拒绝:他从未拒绝过,尤其是在当时的情况下。赫尔曼猜得没错。罗伯特加入了抵抗运动。

最初他被分在根特小组。他们出了一份地下报纸《贝尔福特》,这个名字来自于贝尔福特塔,它是自由的象征,守护着这座城市的法律。罗伯特的文章都以笔名胡利安发表。在西班牙内战中积累的经验使他写出了很多热情洋溢的报道,令读者热血沸腾。人们非常感谢他的工作。

但这并不是他唯一的任务。根特小组也在经济上支援那些拒绝跟纳粹合作的家庭，因为对于那些家庭，政府取消了任何类型的补助。在一次筹款的集会上，罗伯特遇见了老熟人。比利时国家银行行长阿尔玛德·内文也参加了活动。当两人相遇时，双方都惊讶得合不拢嘴。

“你在这里干什么？”行长问他。

“在这里……偷钱。”罗伯特回答，勉强挤出一丝微笑。

“好吧，如果是为了正义的事业……”

保罗·弗雷德里克大街上那座房子的阳台是砖结构的，上面有几个方形的开口。小卡门透过这些洞朝街上看。跟所有这个年龄的孩子们一样——那时候她大概两岁——她喜欢把东西从厨房的柜子里倒腾出来，藏在别的地方，整天乐此不疲。所以，每当厨房里找不到某样东西时，维克总是到阳台的洞里去找。对卡门来说，那就是她的珍宝箱。箱子里有一个顶针、一个盐罐、几把小勺……一切她可以够到的东西。

卡门在阳台上玩。街上突然传来一声巨响。叫喊声、武器的声音、门窗砰然关闭的响声。维克抱起卡门，弯下腰，从阳台的开口处朝街上望去。从一个洞里她看到人行道上停着一辆警车；从另一个洞里她看到一个女邻居飞奔过去；从第三个洞里她看到那个女人倒在地上，警察正揪着她。维克走进屋里，关上了门窗。

这种逮捕非常频繁，但是不可能把所有人都带走。就在同一条街上，有一家犹太人就幸免于难。整个战争期间他们一直躲在那里。德国人明知他们在那里，却始终没能抓住他们。那家人就在那里藏匿着直到纳粹士兵撤走。

事实上，邻居们之间非常团结。慕斯切一家楼下有一个邻居是画家，他不止一次地告诉罗伯特，如果有人来抓他，他可以从窗户跳到院子里，进入他的画室，然后从后门逃跑。在胡同里有一个小小的食杂店。如果遇到紧急情况，那里有一部电话可以用。

随着时间的推移，形势越来越严峻。抵抗运动小组开始搞破坏，摧毁一些战略要地：车站、铁路、桥梁。这使得镇压变本加厉，开始陆续有共产党员失踪。罗伯特的圈子也不例外。

当阿雷尔斯被带走时，罗伯特意识到根特不是个安全的藏身之处。1944 年 3 月 7 日，他前往安特卫普，并在火车站跟妻子和女儿告别。在安特卫普的头几个星期，他在维克一些朋友的家里东躲西藏。然而，渐渐地安特卫普也越来越危险，于是他去到了布鲁塞尔，并在索内大街五层的一个小公寓安置下来。公寓是党为他提供的，但是他没有足够的钱生活下去。最好的办法就是在公寓里工作，不用每天赶往办公室。赫尔曼给他找了个合适的工作：翻译。罗伯特能够将德语、法语和西班牙语翻译成弗兰德语；再加上他本身就是个作家，所以完全胜任这份工作。他们约定每周在布鲁塞尔的巴黎咖啡厅见一次面，赫尔曼交给他需要翻译的书，以及一些衣物、食物和信件。这每周一次的会面是罗伯特同外界文明的唯一联系。整个星期他不跟其他任何人说话，只是埋头工作；而不工作的时候，就思念他的家人。

“你看你拿给我翻译的这个作家多糟糕！”在咖啡馆里，罗伯特向赫尔曼抱怨说，“这使我孤独的时间更加漫长。”

“老兄，好的文学作品往往卖不出去。一个编辑需要这种书。”

“赫尔曼，在翻译这么糟糕的小说时，我就在想，是什么使一部小说成为优秀的作品。”

“美。”赫尔曼回答。

“跟美没有任何关系。跟是否现代,或者是否应用形式的创新也没有关系。这些都是理论上的问题,是评论的原材料。在我看来,最重要的是没有在文字字面上出现的东西,是字里行间体现的东西。”

“魅力?”

“并不完全准确。我更愿意称之为‘动力’。当你在一本书中感觉到作者的真实存在,当你知道没人能把这个故事讲得比他更好,当你不停地听到他的声音……”

服务员来到桌子旁边打断了罗伯特的话。

“请问需要甜点么?”

两位作家对望了一眼,立即收拾起桌上所有的东西,从咖啡馆的后门消失了。

当孩子出生,恐惧也随之而来。在青春年华中,罗伯特想,我们以为自己已经永远赶走了童年和少年时的疑问和恐惧。然而不幸的是,事实并非如此。一旦为人父母,这些疑问和恐惧又卷土重来。就好像这仅仅是暂时的休战,给我们几年的喘息时间,为的就是再次发动进攻。一般来说,最多有三到四年的平静期。当小生命来到这个世界,我们总是害怕失去他,也害怕他失去我们而不得不永远独自生活。如果是女孩,这种恐惧还包括担心她被某个男人征服,怕她受到侵犯。我认识的大部分女性都遭受过不同程度的侵犯。

罗伯特不停地想起他的两个卡门。在暗无天日的战后毕尔巴鄂,卡尔门图是如何度日的?她能够继续生活吗?在布鲁塞尔街头,每当看到跟卡门年龄相仿的小女孩,他会想自己的女儿现在怎么样,此时此刻正在做什么。在家的时候,上床睡觉前一般都是他来照顾小女儿，负责哄她睡觉：给她读一个故事，然后躺在她身边假装睡着。卡门抚摸着他，喊着"爸爸，爸爸"。突然，抚摸停止了，小女孩睡着了。要忍受这样的空虚并不容易。罗伯特感觉到离根特如此遥远：虽然只有五十公里的距离，他却无法回去看望亲人，因为一露面就会被逮捕。

不能跟所爱的人在一起这个事实啃噬着罗伯特的心。每当独自待在公寓时，他的脑子里经常会闪过这样的疑问："这一切都值得吗？"但立刻他会努力让自己平静下来，并对自己说：这个决定是正确的，应该有人为了不让纳粹统治这个世界而努力。但是静下心来并不容易。

在赫尔曼留下的书里，有一本《白鲸》。不是为了翻译，而是用于缓解漫长的孤独和寂静。他把这本书放在床头小桌上当作睡前读物。只有当神游在书里那遥远而无边无际的海洋中，他才能入睡。在梅尔维尔这部小说的第九章，有一段写道："但是，哦！同伴们！在每种痛苦的另一面，总是存在着一丝愉悦，而这种愉悦的顶峰所能达到的高度，永远超过痛苦的深度。"

"没错，"罗伯特想，"幸福的高度总是大于痛苦的深度。"虽然心怀恐惧而又骨肉分离，做父亲的幸福感超越了痛苦。

13

在罗伯特的诗作中，有一首是关于他在根特的朋友圈子的，题为“欢聚之后”。诗中他的伙伴们为他送别，却浑然不知离别背后的深层原因。他逐渐消失，朋友们心中留下的只有对他的回忆和看法。这首诗给人的感觉是作者知道一些别人所忽略的东西，他保守着一个不愿或不能说的秘密。赫尔曼曾认为这是罗伯特最好的诗作，并打算将它发表在一个国际人权斗士的文集中，以让弗兰德地区以外的人们了解罗伯特作品的文学价值。

诗中写道：

夜深了，人语声渐渐沉寂
朋友们互相注视着，疲惫不堪
离别的时刻到了，我将独往一隅
匆匆地，抹去面容的倦意

最后干一杯？所有人都祝我好运
虽然言短情长

我，扮演着一贯的角色，屈服于，一个接一个的
所有关于这一夜曾有过的幻想

夜深了，人语声渐渐沉寂
而我问自己，那幅
草草描就的滑稽面孔
难道是我容颜的真实写照

巴黎咖啡馆。跟每个星期一样，他跟赫尔曼约定了见面。然而，这一天他的朋友却没有出现。赫尔曼的未婚妻玛尔特要去度假，他得去为她送行。"你安心去吧，"罗伯特说，却无法掩饰内心的沮丧，"我自己能处理好，你不用担心。"

坐在咖啡馆的小桌前，罗伯特默默思考着他的翻译。在那些漫长的日子里，这些需要翻译的作品是他唯一的陪伴。他沉浸在作者的世界里，倾听着小说中的各种声音——正是这些无声的交谈，而不是现实生活中的声音，激励着他继续生活下去。孤独迫使他以不在身边的人为伴：好久不见的人、逝去的人。他们就在那里，跟每天在街上碰见的人们在同一场景下，跟他们一样真实。随着岁月的流逝，经常发生这样的事：一个人在记忆中既保存着活人的声音，也保存着逝者的声音。"很奇怪，"他想，"但正是地下生活让我跟文学更加紧密地联系在一起。"在丢掉了银行的工作以后，他有更多的时间致力于阅读和写作。在将外国作者的作品源源不断地翻译成弗兰德语的过程中他也学到了很多。他喜欢用自己的语言复述那些原本用外语写就的词句；对他来说，就好像进入了一个从未踏足过的新天地。翻

译为他打开了一扇朝向陌生风景的窗户，这跟从未写下的句子一样。

他结完账，便起身朝自己的藏身之处走去。他一边大步流星地行走，一边沉思着……在巴黎咖啡馆，人们用法语安静地交谈着，仿佛周围的纳粹并不存在。对他们来说，似乎生活没有受到任何干扰。“语言并不是我的最强项，”罗伯特反思道，“为什么我要用弗兰德语写作，用一种夹在法语和德语两大传统之间的语言？”他问自己。“因为我在世间作为一个人存在。”他低声说道，握紧了拳头，注视着敲打着地面的雨点，“没有了费雷尔兰大街上那些工人的语言，我就不再是我。”

罗伯特听到自行车轮子压过砾石的声音。他欠起身好蹬得更快一些，希望利用天亮前的几个小时尽快到达火车站。天阴沉沉的，这样天会亮得更晚一些，对他更有利。天空会在云间懒洋洋地放晴。在通过了铁路上方的桥梁后，他停下了自行车。透过栏杆，可以看到一对对的哨兵正带着警犬查看车厢。他们在彻底地搜查火车。为了不引起怀疑，他将自行车留在车站的入口处，然后贴着砖墙往里走。有一段墙特别矮：高处的砖头都已经掉落。他从那里跳过去时，路上的碎石发出一阵声响。他小心翼翼地靠近军用物资列车，左右看了看，怕万一有人看见自己。好像没有。他钻进车厢底下。一股机油、灰尘和潮湿的气息。他从背包中取出塑料炸药、电引信、光电管。当火车进入隧道时，炸弹就会爆炸：由于缺少光线，光电管会向引信发送一个信号。在隧道中引爆火车是他们能够对纳粹造成的最大伤害，因为从那里清理出爆炸车厢的残骸、废铁和木片需要很长时间。而在战争中，时间就是生死存亡的问题。最好是将这个装置安放在中间车厢，这是罗伯特从盟军提供的电影中学到的。抵抗运动的成员们在一次秘密集会上观看了这部电影。光电管很小，必须用一个磁铁将它紧贴在车厢底部。这是能一个人独立完成的工作：骑着自行车，放下炸弹，然后回家，不会引起怀疑。也有其他的破坏方式，比如使火车脱轨，但是要做到这一点需要一个人数众多的团队。或者，就像他们有一段时间曾尝试的那样，将巨大的钉子插在铁轨连接处。但是这招并不十分有效，因为火车们往往能从上面碾过。

罗伯特骂了一句。光电管的磁铁吸不住，掉了一次、两次。他汗如雨下。时间过得很快，不一会儿那些哨兵们就要牵着警犬回来了。他试图用一把小刀把钢铁刮干净。终于吸住了。他感觉到哨兵们的脚步声越来越近了。不能从那里出去，警犬们会闻到他的气味。但必须马上决定。他必须从车厢底下出来沿着铁轨逃跑，虽然生还的希望很渺茫。阴沉的天空帮了他大忙。突然，有人从远处朝哨兵们吹哨，通知他们回车站。罗伯特抓住这个机会离开了那里并跳过了砖墙。他回去找自行车，就好像什么也没有发生过。但哨兵们正在检查这辆可疑的自行车。他转过身，缓缓地朝相反的方向走去。

又一次大雨如注。从车站那边远远传来一声爆炸声。他加快了脚步。

连着下了一个星期的雨。傍晚时分，雨停了，天空豁然开朗，有一种六月特有的生机勃勃的美。天上的云，一会儿像核桃仁一样纷乱，一会儿又变幻成别的形状。就像罗伯特的思绪一样，在去往巴黎咖啡馆与赫尔曼见面的路上，在他脑海里不断地涌现翻腾。

半个月没见面，两人都迫不及待地想见到对方。他们本来约在咖啡馆，但是，看到现在白天变长了，便决定像年轻时一样并肩散步。和少年时一样，时间一分一秒地溜走，他们却徜徉在布鲁塞尔破旧而狭窄的街道上，舍不得说再见。入夜时分，暗淡的灯光照着路面上的青砖，使街道看上去像一条在地上打滚的大鱼。谁也不愿意中断谈话，虽然知道这很冒险，因为德国人已经发布了宵禁令。

罗伯特对赫尔曼说话的时候带着前所未有的自信，仿佛独自度过的漫长时光让他看清了很多事。

“赫尔曼，我一直在想，我应该承认你是对的。”

“是吗！难以置信。罗伯特居然承认我是对的。此话怎讲？”

“有一段时间你曾批评我不允许自己享受爱，批评我太过孤僻。好吧，你是对的。谈到这个话题，我得向你坦白一件事。”

“你说。”

“你知道是什么让我爱上维克？”

“以我对你的了解，是她的蓝眼睛。”

“对，一开始确实如此。我的目光无法离开她，她的眼睛让我着迷。但是真正把我拴住的是她的语言。她经常妙语连珠……她聪慧的幽默感、说话的方式，是将我跟她联系在一起的主要原因。然而，除此之外，当我拥抱她的时候，当我们开始互相了解对方身体的时候，我发现在我们之间产生了一种非常微妙而强烈的联系。我察觉到这个女人身上有一种深深吸引我的东西：她皮肤的触觉是如此特别，气息是如此甜美……”

“继续说。”赫尔曼高兴地鼓励他。

“你会嘲笑我的。但是她皮肤的香味会让我平静，就好像婴儿在母亲的怀抱里会停止哭泣一样。这是一种我以前从未体会过的感觉。我不知道……这跟文化毫无关系，是一种把我们和动物本能联系起来的东西，无法用语言解释。我只想对你坦白，我们之间的联系是非常肉体的,是理性无法解释的。”

“以前你可不这么认为。那你现在还坚持美和善是不可分割的吗?”

“当然。”

“那你不喜欢古斯塔夫·克里姆特画作中的那种黑暗情色吗?朱迪思手中提着荷罗孚尼的头,那黝黑的皮肤、窈窕而富有活力的身体,在金色调的美妙画作中骄傲的裸露之美。”

“喜欢。但是我得告诉你,我的思想变化还不至于那么大。说到克里姆特的画,我最喜欢的是另一幅叫作《新娘》的作品。画中出现了两个年轻女性,一个赤裸身体,另一个穿着红色衣服,一个将头靠在另一个的肩膀。虽然也出现了裸体,但画的力量在于两个女孩的表情。毫无疑问这幅画也属于情色作品,但是这种性爱导向的是平和。”

“我不明白你为什么不是天主教徒,罗伯特。你的想法跟耶稣的教诲如此相似……”

“没错,我们观点相近,尤其是在揭露不公正的方面。我甚至认为关于天堂的想法对活着的人来说是很有用的。如果能帮助一个人减轻苦恼,那就是值得坚持的。但不管怎么说,我并不相信永恒,而更相信每时每刻都在演变的爱。后世对我没有说服力,甚至让我害怕,你想象一下!”

赫尔曼从背包里取出一本书。

“说到关于后世的话题,我又带了一本书来给你翻译。”

“又是垃圾文学?”

“不,这是一部好作品,洛尔卡的《叶尔玛》。”

“你瞧，洛尔卡现在被当作西班牙激进派的象征，但他却喜欢安达鲁西亚的圣母画像和宗教游行。我们人类总是有很多面……”

“没错，其中的一面就是工作。明天我还得去上班。就这样吧，来吧，回家！”

跟赫尔曼告别后，罗伯特心情愉悦地朝公寓走去。这是一次令人欢欣的聚会，他已经有很长时间没有这么开怀过了。他迈着轻快的步子，目光盯着路面，回味着跟赫尔曼的对话。突然，在人行道上他撞上了一个女人。他如此沉浸于自己的思绪，以至于完全没有看到她。他们对视着。“罗伯特！”那个女人惊叫起来。听到这个名字他感到奇怪，在最近的几个月内所有人都叫他胡里安，而有人知道自己的真实姓名让他警觉起来。虽然夜色迷蒙，但他还是一下子认出了这个女人：阿里内。

“在布鲁塞尔碰到你，真是个大大的惊喜！”

“遇到你也是一样。”罗伯特说，有点不知所措，不知道该说什么，“你们好吗？”

“你就像天使一样出现……”

“我没有翅膀。”

“几个月前，格拉西亚诺和卡尔门图从毕尔巴鄂给我们分别写了一封信，里面有给你的一幅画，但我不知道怎么寄给你。”

“我现在就住在这里，做些翻译，努力挣点钱。”

“我也带着孩子们来到了布鲁塞尔。在根特很难生活下去。如果你能来看我们，我们都会非常高兴的。麻雀罗伯特，亲爱的老师……格拉西亚诺和卡尔门图一直把你的名字挂在嘴边。”

“你言过其实了。”

“看，这里不是说话的地方，时间也不合适。周六吃完饭来我们家吧。我们住在市中心，在我姨妈家里。”

“好的。”罗伯特答应了，但心中并非没有疑虑。而阿里内在告别时，握了握他的手。

听到卡尔门图的名字，罗伯特内心久久不能平静，一整晚都在床上辗转反侧，想着就要得到关于这个小女孩的消息了，在她送给他的画里应该能找到一些蛛丝马迹来推断她的目前的境况。怎么样才能把孩子从那个法西斯的环境里解救出来，让她回到根特？以他目前的状况，这实在并不容易。

躺在床上，罗伯特觉得自己的运气正在好转，一方面，他跟赫尔曼一起度过了一个很棒的下午，他们的友谊又达到了过去的深度，而另一方面，现在又似乎能得到卡尔门图的消息。

星期六，罗伯特敲响了阿里内家的门，却没有听到孩子们的声音。他再次按响了门铃。有一瞬间，他犹豫不决地想要转身回去。“来啦！”阿里内在屋里喊。但是，当门被打开时，出现的不是一个女人。全副武装的纳粹士兵们埋伏在走廊里，带着头盔，穿着金属鞋底的靴子。

他们以闪电般的速度逮捕了罗伯特。他盯着阿里内，无法相信所发生的一切。阿里内开始失控地大喊：

“他们劫持了孩子们，罗伯特！他们威胁要杀了我的孩子们！”

德国人也逮捕了阿里内。他们捂住她的嘴，将她的头摁在地上。她用眼神恳求罗伯特：“原谅我，原谅我！”

14

经过多方奔走，维克终于打听到了罗伯特的下落：他被囚禁在安特卫普监狱，在一个狭窄而潮湿的小牢房里度过了两个月。整个 7 月和 8 月中维克只见到过丈夫一次。当他来到她面前时，模样令她震惊：瘦了，看上去虚弱而消沉。皮肤上伤痕累累。他目光呆滞，封闭在自己的世界里，完全没有在听维克说什么。大部分时间他都沉默着，酷刑的影响显而易见：他曾赤身裸体并浑身湿透地被绑在铁床上电击。

在他勉强能听懂的含含糊糊的话里，她只记得：

“我没有供出任何名字。”

“就算你说出来了也没什么！罗伯特，哪怕你供出来了……”

1944 年 8 月 31 日，罗伯特被塞进一列从安特卫普开往德国集中营的火车。当得知他将被流放，维克和她的家庭向当局提交了一份申诉，试图说服他们罗伯特刚刚得过结核，无法承受这样的刑罚。但一切都是徒劳。虽然上天入地到处求人，最终还是无力回天。那列火车，把罗伯特带往德国的火车，是从安特卫普出发前往灭绝营的最后一趟。此后再也没有其他列车开往那个地狱。最后一趟。

从那些挤满了人的车厢中,透过大木板之间的一个小缝隙,罗伯特成功地往铁轨上扔出一张小纸片:正面写着他的名字和地址,反面写着跟他一起被带走的另一个人的名字和地址。

正面:

德国　罗伯特
凡·爱奇波
迪彭贝克街

反面:

罗伊斯先生
奥罗尼兰 109 号
附:一切都好

谁也不清楚这张纸片究竟是如何在铁轨旁被人找到,又设法送到维克家里的。为了让家人知道自己的去向,罗伯特在纸条上写下了"德国",下面是维克在安特卫普的地址。"罗伯特在德国,是被用火车运过去的。"他们告诉维克。

"Alles Goed,"维克读着纸条的最后一句话,"一切都好。"

就在罗伯特被火车送往德国的同一天,维克开始写日记,向丈夫讲述白天发生的一切。那是一些没有寄出的信,写给罗伯特的信,却从未寄出过家门。在那个本子上，记录了维克的担心、快乐和烦恼，小卡门的进步，战争的变化，以及她对跟罗伯特团聚的渴望。所有的一切。

1944 年 12 月 27 日

亲爱的：

在这短短几天内发生了多少事情！

我们的国家解放了，但是德国人卷土重来，又占领了默兹。之前我曾希望圣诞节那天你能跟我们在一起，但是现在看来这不是可能了。

咱们家里聚集了一大堆人：我的父母、我妹妹耶特、我的好朋友珍妮和安妮，还有，说来你都不信，三个波兰士兵！他们非常棒。能在我们家过圣诞节，他们简直欣喜若狂！我想象着，也许同样有那么一个家庭能够接纳你，而且对待你就像我们对待他们一样好……

我爱你。快回来吧。

维克和卡门

就在此时，阿登战役打响了。盟军措手不及，因为在诺曼底登陆以后，他们已经自视为胜利者了。德国军队从阿登的树林发动了进攻，目的是夺取安特卫普港。一开始似乎取得了一定的战果：德国军队一直打到离安特卫普一百公里的地方。有 75000 名德国士兵驾驶着最精良的坦克参加了这场战役。但是，由于浓雾，他们举步维艰，这就给了盟军做好抵抗准备的时间:前线的军队排布成一只口袋的形状,这也是它另一个名字的由来——口袋战役。盟军顽强抵抗,直到 1945 年 1 月,德国人终于不得不撤退了。

那是德国方面为了扭转战争局势作出的最后一搏。从那以后,德军的形势急转直下。由于盟军实力被牵制在阿登,而纳粹军队也不得不在那里负隅顽抗,所以苏联人在东线迅速推进,并比美国人提前攻下了柏林。阿登战役因其恶劣的气候条件而被人铭记:严寒,大雪。这对士兵来说都最糟糕的条件。在以阿登战役为题材进行创作的作家中,有一位罗伯特的老朋友:欧内斯特·海明威。

耶特是卡门最小的姨妈。她与一位来欧洲参战的美国飞行员相爱,婚后定居在俄亥俄州。姨夫参加了诺曼底登陆,所以每年都会携妻子来欧洲参加登陆日纪念活动,也趁此机会看看小卡门。“他们在一起生活得很幸福。”卡门告诉我。

母亲日记中提到的波兰士兵让卡门想起了另一件趣事。那年的圣诞节,卡门被要求不得进入客厅,因为士兵们就睡在那里。正好那个时期小姑娘正在学习不用尿布,她习惯于在客厅找一个角落,在那里就地解决。一般她都会躲进放餐具的柜子后面,在那里拉粑粑。但是当波兰士兵们住在家里的时候,她没法这么做了。小姑娘哭了。

妈妈马上明白了是怎么回事。她把卡门领到卫生间,从柜子里拿出尿盆,指着尿盆说:

“从现在开始你得在这里上厕所,亲爱的。”

1945年1月7日

Daddy：

我们的小宝贝生病了。她发着高烧，肚子疼。我希望明天她能好一点儿。

今天我的姐姐蒂尔达带着丈夫鲍勃和女儿吉尔达从安特卫普过来了。V1炸弹轰炸时他们正在那里。鲍勃和孩子会留下来跟我们在一起，但是蒂尔达必须得回去。她是学校的老师，不能不履行自己的义务。我很担心她……

我真为你骄傲，罗伯特。

拥抱你。

德国的V1和V2导弹在安特卫普引起了恐慌。这种武器是1944年10月投入使用的。在一百四十四天内，数千枚V1和V2被投入到对这个城市的轰炸中。这些都是高威力炸弹，杀伤力很强，仅一枚就足以摧毁十多栋建筑，并造成数百人死亡。它们是从德国通过发射平台发射过来的。人们眼睁睁看着它们从天空飞速掠过，比普通的飞机更快：时速可达六百公里。英国人称之为"嗡嗡弹"或者"蚁狮"，因为它在飞行时发出的声音像是一个巨大的昆虫。然而，当火箭关闭时，导弹就会变得寂静无声，于是人们就知道在几秒钟之内炸弹就会砸下来，更加恐惧。事实上，这些轰炸最主要的目的正在于此：在平民中散布恐慌和绝望。

伦敦和安特卫普是遭受轰炸最严重的两个城市。1944年12月16日下午3点20分，一枚V2击中了德凯瑟奇大街上的雷克斯电影院，当时电影院里座无虚席，当天放映的是加里·库珀的电影《水牛比尔》。这枚炸弹导致了五百多人死亡。从那以后,安特卫普所有的剧院和影院都被关闭了,并禁止超过五十人以上的集会。

在那段最艰难的日子里,在安特卫普每二十分钟就有一个这样的炸弹爆炸。这里的居民晚上都睡在城外,白天再回来上班。

为了减少伤亡,英国、美国和波兰军队达成协议共同应对。甚至还有飞行员用机翼撞击导弹使之偏离轨道。在战争末期,通过这样那样的办法,这些炸弹中只有十分之一击中了要害。

然而对于维克的姐姐来说,一切都太迟了。V1 和 V2 导弹的爆炸使蒂尔达疯了,她最后的时光是在精神病院里度过的。

15

9 月 2 日,罗伯特·慕斯切到达了位于汉堡市附近的诺因加默集中营,坐落在埃尔巴河岸边。这座集中营是 1938 年在一座砖厂的原址上建起来的。头几年,囚犯们的工作就是造砖,但这并不是唯一的任务,他们还得开挖埃尔巴河。由于这个集中营很快就容量不够了,纳粹又在周边建起了一系列卫星营,并在这些集中营之间开挖运河,用于运输砖头和其他货物。

战争爆发后,纳粹又利用囚犯作为免费劳动力生产军需物资,还要求他们在毫无保护措施的情况下，在汉堡和不来梅街头收集盟军轰炸以后没有爆炸的炸弹。1943 年 4 月 17 日，六名诺因加默的囚犯在外出收集爆炸装置时死于盟军轰炸。由于纳粹不允许他们使用防空设施，他们只能在外面听天由命。

劳动的成果如何，都是次要的。也就是说，纳粹强迫囚犯们做的事情通常是毫无意义的。在工厂或公共工程中，他们的确利用囚犯为德国政府服务。但是强迫劳动的主要目的却是建立起一个主人和奴隶的制度。

纳粹们是主人，而所有在他们的社会理想之外的人都是奴隶：犹太人、共产党人、外国人、吉普赛人、同性恋者、抵抗者。他们的命运就是被奴役，纳粹想让囚徒们清楚地知道这一点。劳动的最终目的是让囚犯们接受这种新秩序。因此，党卫军的成员们几乎跟囚犯没有任何接触，甚至没有任何直接对话。在他们眼中，作为上等种族，跟如此下等的奴隶说话会玷污自己的高贵血统。发挥这种作用的是狱卒们，被称为考伯（Kapos），本身也是俘虏。从囚犯转变为看守，这样的人往往是最残忍的。

总而言之，对于德国政府来说，这些囚徒门并非自己的同类，因此也就不值得当作人来对待，应该将他们的生存欲望连根拔除。

在集中营和灭绝营中，饥饿是一种最普遍的刑罚。而这不过是为了羞辱并彻底摧毁囚犯们的一种工具。他们所得到的食物是严格按照刚好能够维持继续劳作所需的标准供应的，除此之外别无他物。胃收缩了，骨骼开始疼痛，牙齿松动脱落。但最糟糕、最可怕的不是饥饿，而是恐惧：每个夜晚都是一场噩梦。对他们中的任何人来说，平安度过深沉的黑暗，活着看到新一天的到来，是一种巨大的安慰。

就像森林里的野兽一样:熬过漫漫长夜,迎来生的曙光。他们担惊受怕地度过每一个夜晚,几乎从来无法入睡。

最琐碎的事情都足以引起恐慌,一个细节可能会意外地变成致命的因素。比如,一双鞋——一件在我们的日常生活中如此普通的物品。有时候纳粹会向囚徒们分发不同尺码的鞋子,也就是说,一只鞋是他的正常尺码,另一只鞋,要么太大,要么太小。穿着不合脚的鞋子,而且两只不一样尺寸,他们的脚就会溃烂。

对于一个极度虚弱而又饥饿的人来说,这样小小的伤口也会变成一种难以忍受的刑罚、一种慢慢致死的折磨。糟糕的卫生条件会让这些伤口发炎,而一旦感染,首先会引起坏死,接着就是死亡。一个漫长的死亡、充满了痛苦的死亡,仅仅由两只不同尺码的鞋子引起的死亡。

诺因加默集中营还因为阿尔夫雷德·特雷泽宾斯基医生开展的试验而闻名:给苏维埃士兵们注射黄热病病毒,然后研究其后果。但纳粹还有更残忍的行为:1944 年,库尔特·海斯迈尔公然从奥斯威辛带出二十名犹太儿童,并开始利用他们进行结核疫苗试验。有一些照片记录了这种疾病在儿童身上的作用。1945 年 4 月,当得知盟军日益逼近,为了掩盖罪行,纳粹在汉堡市布伦胡泽达姆学校杀害了这二十名儿童。

据估计,从 1938 年到 1945 年,在诺因加默集中营有大约十万五千名囚犯死亡,大部分都死于最后几年,尤其是 1944 至 1945。在那个夏天,平均每月有 1700 名囚犯死亡。1945 年 2 月,2500 人被严寒的气候和恶劣的生活条件夺去生命。

这个集中营的负责人是党卫队一级突击队大队长马科斯·

保利。

正是在那个时期,罗伯特·慕斯切被囚禁在诺因加默。

他是45035号。

虽然火车到达的时间是晚上,但从车厢的木板缝里往外张望,可以看到一个巨大的火车站,被高高的电塔照得灯火通明。罗伯特看到很多平行的铁轨。党卫军打开沉重的车厢门,大声喊叫和推搡着命令他们下车。这些离开故土的人们几乎无法挪动双腿:在如此拥挤的车厢中度过了三天,全身的肌肉都变得十分僵硬。从斜坡上下来时,士兵们驱赶着疲惫的俘虏们:"快!快!"警犬们追着咬着他们的腿肚子。"Mützen ab!"士兵们喊道,"Mützen ab!"身边一个老人流露出听不懂的表情,扬起了眉毛。"他们说摘掉帽子,"罗伯特帮他翻译,"您把帽子摘了吧。"目力所及只有铁丝网和高高的哨塔。天上一片漆黑,而一束刺眼的强光直射着他们的眼睛。

所有人都被赶进车站旁边的一个简易窝棚里。初来乍到,人们的第一反应就是互相挤在一起,紧贴着墙壁,护住后背,这种本能的反应和充满恐惧的狗没有区别。虽然未知的环境还没有显露出多么狰狞的面容,但他们无法入眠。

第二天清晨他们被叫起,并被命令脱掉衣服,脱到一丝不挂。就在那里,狱卒们用几把巨大的刀给他们刮毛,不只是面部的,全身的毛都要剃掉。罗伯特看到一个神父在哭泣:他不想让任何人触碰他的下体。接着他们被带到几个铺着白色瓷砖的淋浴室。喷头里出来的先是几乎沸腾的热水,然后是像冰一样的冷水。最后关掉水源。他们就这样一丝不挂地被赶到院子里,身上还滴着水,在九月惨淡的阳光下一动不动地晾干。最后终于分发了新衣服:裤子、衬衫和帽子,全都是条纹的。还有一双鞋。

罗伯特的衬衫胸前缝着一个红色的三角形,这是共产党员的标志。旁边没有他的姓名,只有编号。

头几天是最难熬的:在臭气熏天的车厢里长途跋涉,以及到达集中营的那黑暗一刻。对于这些俘虏们来说,就像改天换日一般,来到了另一个奇怪的、截然不同的世界,从人世间坠入了地狱,尽管之前的生活也处于战火之中。囚禁就是一个黑白颠倒的过程,从心怀希望到只剩下无尽的折磨。而最沉重的打击就莫过于生活遭受这突如其来的变故:以前他们从未想到过,在这广漠的世界上还会存在着这样一个地方,也没有想过人类还可以如此对待一个人。所有的一切都加剧了恐慌:那列像挤满牲口一样的火车、警犬的撕咬、狱卒的殴打和大声叫骂、私密部位的除毛……所有的细节都是为了营造恐惧而刻意设计的。

领完衣服,他们被塞进挤满了简易床铺的大棚子里。床垫是用稻草做的,毯子是用麻袋做的。每张床上睡两个人,每个人都不得不各朝一边。

突然响起一阵嘈杂。党卫军和一个考伯走了进来,让俘虏们排成队,用一根细棍随心所欲地抽打他们。那个听不懂德语的老人倒在了地上,立刻被拳打脚踢,于是他开始尖叫。一个党卫军人不耐烦地命令:“够了!”于是考伯们用棍棒一边毒打,一边将他拎起来并带出了大棚。从此再也没有见到他。

对罗伯特来说,头几天的遭遇也同样残酷。他被关在一个对外隔绝的牢房里,长时间地被吊在房梁上,没有食物。而这一切都是为了让他明白,在这里谁是主宰者。罗伯特深深地痛恨那个被人们称为“老俄”的考伯。以前他从未有过想要杀死某个人的愿望，但是对于“老俄”，却恨不得亲手掐死他。他对自己感到惊讶：我怎么会有这样的感觉，怎么会如此充满仇恨；他，一个如此有教养而热爱和平的年轻人，几乎不认识自己了。

在诺因加默，死亡是在其他狱友们之外，另一个如影随形的伙伴，而且比那些活着的伙伴们活跃得多。对于那些病倒的人，纳粹们通常用一针致命的药剂来了结他们。法外的处决更是家常便饭：枪毙政治领袖，从哨塔朝他们扫射。在埋葬俘虏的时候会有一支乐队奏乐，一支由囚犯组成的乐队。他们不但要在夜间尸体被运去焚化的时候演奏，还被强迫在党卫军的宴会上演奏。每周日的下午，如果天气好，也会被要求为所有的囚犯演奏。

第一次在那个地方听到贝多芬的曲子，罗伯特被震撼了。同样的音乐，他在家里同朋友们或同维克一起听过。看起来纳粹们很喜欢，也很享受这些乐曲。罗伯特感觉好像原本自己独自拥有的东西被人抢走了一样，仿佛他的过去也被玷污了：在布里塞家里参加的那些音乐聚会、书房里的半身像、赫尔曼送的结婚礼物。而在他的脑海中则浮现出贝多芬本人。为了得到乐队和合唱团，使第九交响曲能够上演而捉襟见肘。首演那一天，剧场里的皇家包厢空空如也。整场音乐会他的视线从未离开过那些乐师。即便演奏结束时掌声如雷，贝多芬也没有转过身来，最后助手不得不提醒他音乐会有多么成功。大师凝望着乐队，他的全部注意力都集中在这些生产音乐的人身上，只关注他们的演奏方式，而对此外世界上所发生的一切都置若罔闻。

再艰难的环境，一个人也会慢慢习惯，而罗伯特也逐渐适应了在诺因加默的囚禁生活，适应了集中营严酷的纪律。在这方面，一个年轻的根特律师安德烈向罗伯特伸出了援手。他是诺因加默抵抗运动的小头目之一，负责照顾来到集中营的同志们：将他们吸收进自己的工作组，以便令党卫军稍稍另眼相待，可以从最繁重的任务中解放出来，比如双脚站在水里开挖运河。这样的组织对政治犯们来说像一层无形的保护。安德烈在战争一开始就被送进了诺因加默，并在那里生活了好几年。虽然听上去令人难以置信，但通过这样那样的方式，他学会了如何在这样的环境里安然度过。虽然还非常年轻，但他是资历最老的囚犯之一，懂得在那个荒芜的集中营生存下去的所有计谋。

罗伯特同抵抗运动的成员取得了联系，跟莫里斯·德·格拉艾斯、简·艾维拉特、瓦莱雷·比尔耶特以及马科斯建立了友谊，尤其是最后一位。马科斯是一名地质学家，根特大学的教授。他曾长期在非洲从事矿产勘查。在休息的时候他喜欢跟罗伯特聊天。

“在非洲很多人因为钻石而丢掉性命。”有一次他说，手里握着一支小小的铅笔，“但是说到底，一支铅笔的最基本元素跟钻石是一样的，那就是炭。在某些特定的条件下，炭可以变成钻石——世界上最坚硬最永恒的矿物。但是如果你拿起一支铅笔，在白纸上摁一下就会折断。但正因如此，正因为它不是那样坚硬，才可能用来写字。欧洲也是同样的情形。为了发动这场战争，能够发生所有这疯狂的一切，在这片大陆上必须得有特定的条件，虽然我们曾认为它是多么文明。至少对我来说，相比钻石，我更想要这支小小的铅笔，因为用它可以记录这里正在发生的一切。这一定会比钻石更加流传久远。”

16

1945 年 1 月 21 日

苏联人离柏林只有 150 公里了！终于，胜利与和平就要到来。

亲爱的，你听到我说的话了么？不管你在哪儿，不要忘记我一直在想你。一定要挺住！为了我，为了你的女儿。小卡门现在说话说得很好了，是一个非常聪明的女孩。她多么想认识她的 daddy。

用一个吻来向你告别……

1945 年 2 月 2 日

关于战争的消息好得不能再好了。我希望到三月或四月战争能够结束。你回来的那一天将是我一生中最幸福的一天。比结婚那天，甚至女儿出生那天更加幸福。因为到那时候，我们将会开始新的生活，把所有的痛苦和空虚都抛在身后。

1945 年 3 月 12 日

亲爱的：

战事进展得很顺利。我们攻下了科隆。盟军在莱茵河上架起了一座桥。被囚禁的人们正在从德国返回。很快我们就能在一起了……

1945 年 3 月 21 日

亲爱的：

蒙哥马利向莱茵地区发起进攻已经好几天了。法兰克福、威斯巴登和达姆施塔特都已经被攻下。我们正在见证历史性的时刻！每天都有成千上万的流放者回到家乡。我正在为你回来的时刻做计划。

你的朋友们一个都没来看过我。我不知道这是为什么，也许是因为我对他们来说没有那么重要。这使我很受伤，因为在这种时候一丁点儿的爱和同情都会让我心存感激。还好我们的邻居阿林克思一家还关心着我，经常问我要不要跟他们共进晚餐。

请你快回来！

维克

1945 年 4 月 19 日

每天我都从收音机里听到关于发生在集中营里的屠杀的消息。有数不清的人在盖世太保手中失去了生命。告诉我，你在哪儿？你经受了什么样的折磨？

求求你给我捎来只言片语,没有你我无法生活。请你,承受住这些酷刑,不惜一切代价回家!

我们爱你。

只有女儿能让维克暂时忘记等待的漫长。跟她在一起的时候,时间也仿佛过得更快一些。小女孩儿正在长大,学习并模仿着所看到的一切。每当母亲哭泣,她也会在母亲身边哭;每当母亲祈祷,她也跟母亲跪在一起,做出祈祷的样子。

一次在家里做家务的时候,维克发现孩子不见了。她想着也许会在客厅,但是没有。于是她开始感到不安。找遍了所有的房间也没有。最后她忐忑地走向卫生间,生怕她磕在浴缸上撞坏了。小姑娘确实总喜欢往浴缸里扔东西。

她在卫生间找到了卡门:就像母亲教过她的一样,正在尿盆上大便。但不是坐着,而是站着,两只脚踩在尿盆里,裤子都没脱。小姑娘让维克终于微微笑了一下。

17

自从跟抵抗运动的成员们会合后,罗伯特的健康状况明显好转起来。除了互相保护,第二天有事可忙、有工作可做,这一事实给了他活下去的力量。从那开始，他每天早上醒来都会感觉身体状况改善了一些。

在诺因加默，抵抗组织的工作有很多种。比如获取伪造的证件，在幽禁的最后阶段，甚至还能获得武器，虽然不能使用，或者不敢使用。

罗伯特会说德语，所以能跟德国政治犯们打成一片。他们对战况了解得最多，因为能时不时地跟士兵们交谈，以获知形势的变化：盟军日益逼近，这场疯狂的战争很快就会结束……

罗伯特的主要任务就是在囚犯中间传播这样的消息，从根本上来说就是传播希望。告诉绝望的人们，这种折磨很快就会结束了，也就是几个星期的时间，所有的人都能踏上回家的路。纳粹的目的就是从精神上摧毁这些囚犯，让他们的脑子里装满死亡的念头。而抵抗运动的小组成员们则用语言与之抗争，传播消息，提升士气，让希望重生。语言就是他们最有力的武器。

这一秘密工作让罗伯特再次充满活力。向人们传递勇气，同时也顺便了解到很快就能跟维克和卡门团聚，这使他重又感受到了生的快乐。正如有一次他给赫尔曼写信时提到，对他来说，有两件事是高于其他任何事情的，那就是“爱和正义”。也正是因为心中装着这两个信念，罗伯特·慕斯切才能熬过那个漫长而严酷的寒冬。

1945 年 4 月 15 日，纳粹指挥官海因里希·希姆莱下令清空诺因加默集中营。

对于盟军来说，看到从集中营里解救出来的囚犯们的样子，不禁毛骨悚然。无法想象在那里曾发生过什么。这些屠宰场的消息令全世界哗然，于是纳粹们开始腾空集中营，徒劳地试图掩盖自己的屠杀罪行。

当意识到盟军的部队已近在咫尺，希姆莱下令清空德国最大的集中营：必须尽快将诺因加默以及周围九十六个卫星营中所有的囚犯都迁往吕贝克港口。军令如山。在 1944 年 4 月 19 日至 26 日之间，约一万一千名被囚禁者从诺因加默出发抵达吕贝克，有些是用火车运过去的，其余人都是徒步到达。

据估算，另外相当数量的人死在了路上。

纳粹召集乐队成员，命令他们在入口处演奏。成千上万的囚犯们从他们身边走过，走向铁轨。当火车被塞满时，其他的人被要求步行上路。他们必须尽快到达吕贝克，因为上头催促希姆莱加紧清空诺因加默。

乐队的演奏掩盖了人们的脚步声。当集中营里只剩下这些乐师时，纳粹们把所有的乐器都塞进了一辆开往汉堡的灵车里：小提琴、中提琴、低音提琴、小号、长号。载着乐器的殡葬车在整个途中都被严密监视着，两侧有党卫军的摩托车保驾护航，谁也不敢抢走这些存放在车辆后部的宝藏。

那是一个没有鲜花的寒冷春天。已经是暮春时分，草地上应该开满了菊苣花。然而，虽然田野都已经绿了，却没有花的影子。仿佛它们也感到害怕，连地下都埋藏着恐慌，又好像有人用一把镰刀在草地上齐刷刷地割过，把所有的花都割走了。

“这是饥荒的信号，罗伯特，”马科斯说，“菊苣花是可食用的，所以才一朵也看不到。”

从诺因加默到吕贝克的路上，在海岸线以内，步行的囚犯们看到的是一片阴暗和荒芜。路上到处都是炸弹留下的凹陷和深坑。路边的水沟里满是尸体,张着嘴,带着刚刚死去的人特有的黑眼圈。空荡荡的村庄,倒塌的房屋,到处都一片寂静。他们步伐急促,几乎从不停顿。谁也不能落在后面,那些落后的人总是被一枪毙命。因为无法再拖动麻木胀痛的腿继续前行,很多人都觉得死亡才是最好的出路:唯一能够期待的解脱就是死亡,从痛苦中逃离。

每路过一个农场他们就寻找食物,甜菜根或土豆。但是所有的园子都像被洗劫过,土地伤痕累累,满目疮痍。如果运气好的话,能找到全身是洞的烂萝卜。曼德林克思找到一些发霉的土豆皮,塞进了嘴里。

“别吃这个,这个有毒。”马科斯对他说。

他们在废弃的工厂或教堂过夜。透过发霉的天花板可以看到天空。一如既往的天空。无动于衷的天空。似乎对下面发生的事情漠不关心。连圣水槽都已经干涸;如果看一看圣水留下的印记,仿佛连它们都闭上了眼睛。囚犯们都很渴。村里的一个女人给其中的一个人递水,党卫军却把她踢死了。水杯掉在了地上。但并非总是如此:一个农民走近罗伯特,给了他面包和腊肠,并对他说:“希望有人也能这样帮助我儿子。”罗伯特把食物保存起来,好在漫长的路上维持得久一些。

他们走了五天,到达吕贝克时已奄奄一息。整个途中的食物只有汤。很多人都在半路死去,极少数人成功逃跑。党卫军向逃跑的人开枪,但是大树能挡住子弹。枪声使大树剧烈地颤动,水珠从绿色的叶子上掉落,那是迟到的雨。

从英国战斗机拍摄的照片上可以看到,吕贝克湾停满了船。似乎德国人正将所有剩余的战舰集结于此;有一些拴在码头,另一些就漂在海湾中,其中包括远洋轮船“盖波茨坦号”。

“盖波茨坦号”是一艘28000吨位的豪华轮船,执行从汉堡出发前往里约热内卢和布宜诺斯艾利斯的航线。这艘优雅、轻巧而敏捷的轮船曾是德国军队皇冠上的明珠。战前它被刷成白色,烟囱是红黑相间的,专门运送前往美洲找工作的人们,但在上层甲板也接待有钱人。轮船的厨房里携带十公斤的鱼子酱和六千公斤的鸡肉。汉斯·莱普,那位写作了《莉莉·玛莲》的诗人,就在这艘船上度过了蜜月旅行;而纳粹的宣传电影也是在这艘船上拍摄的。但是当战争爆发,一切都变了:最初只是在船上增加了一些军官铺位,后来,随着苏维埃占领德国东部,它被用于疏散两百万平民。

现在,这艘巨大的轮船正停泊在吕贝克湾。英国皇家空军的飞机拍摄的照片显示,它被刷成迷彩灰色,失去了往日的魅力。

随着囚犯们陆续抵达吕贝克港,德国人将他们一批批塞进一艘叫作“泰尔贝克号”的货船里。他们住在底层的地下室里,整日囚禁在那里,没有一丝光线,甚至无法呼吸。地板上挖个洞用于解决大小便。很快地面上到处都是粪便,臭味让人难以忍受。哨兵们每天把门打开一小会儿,把食物扔到他们头上。他们绝望地幻想着呼吸一点新鲜空气,看到一小块蓝天。

当“泰尔贝克号”被塞满以后,“雅典号”开始将剩下的囚犯运往巨大的“盖波茨坦号”。它一直停泊在“盖波茨坦号”侧面,但是后者的船长一口拒绝,声称在他的船上不会接纳任何囚犯。“雅典号”等待了一整晚,一直尾随“盖波茨坦号”左右。最后,跟之前“雅典号”的遭遇一样,纳粹以枪杀“盖波茨坦号”的船长和船主相要挟。虽然这艘船是用来载客的,但是容量不过数百人。不管怎么样,他们一共塞进了 4600 人,这还不算 600 名党卫军的士兵。

那些苏联人被堆放在“香蕉地窖”,最差的地方。每天开一次小门,让他们呼吸一下。接着,重又回到黑暗。很快就开始有人死于窒息。士兵们把救生圈锁了起来,以防止有人游水逃跑。救生艇都被扎了洞。每天上午都有一艘小艇开过来取走前一天夜里死去的人。

罗伯特·慕斯切也在里面,在“盖波茨坦号”远洋轮船的第 65 号床铺。看到这些用绘画和昂贵布料装饰的豪华床铺时,刚刚从诺因加默到达这里的囚犯们都惊呆了。但是在这些铺位上没有足够的空间:纳粹们清空了家具,并命令囚犯们一个挨一个躺在地板上——高贵木料做成的地板。在夜里,从床铺可以听到爆炸声;远远地,好像暴风雨来临前的雷声,带着火药受潮的闷响。爆炸的火光从舷窗中透进来,照亮了客舱的白墙,仿佛飞蛾的翅膀。

国军队日益逼近,吕贝克摇摇欲坠。

“希特勒死了。”第二天,罗伯特告诉同伴们。

那是 5 月 1 日,他们得知了这位“元首”的死讯。

“他在柏林的地下掩体中自尽了。德国人马上就得投降。他们没有什么资本再做垂死挣扎了。”

“要不我们造反?”曼德林克思壮着胆子提议。

“为什么要拿我们的生命去冒险呢?”马科斯反对说,“不,最佳的选择是等待。他们会投降的。也就是两三天的事,你们等着瞧吧。”

谁也不清楚在这些被集中在吕贝克海湾的船上,囚犯们在做什么。谁也不知道德国人的目的究竟是把他们带往挪威——因为那时候挪威还是纳粹的盟友,还是想要用鱼雷将这些船就地炸沉,只为了不给自己的罪行留下证据。

在此期间,瑞典红十字会驻吕贝克的代表处收到一封匿名信,信中提醒在三艘船上有成千上万的集中营囚犯,应该有人对他们负责,现在还为时不晚。

红十字会的代表们立即同纳粹当局安排会面。对于犹太人和苏联人毫无商量的余地,这一点德国人的态度很明确;但是,再不济,至少可以从他们手里解救出一些政治犯。说到底,纳粹们也明白战争就要结束了。为了假惺惺地摆出人道主义的姿态,他们决定释放法国人。

约有一千人离开轮船上了岸。很多囚犯都力图证明自己也是法国人,结结巴巴地说着仅会的一点儿法语单词。所有尝试这样做的人都被处决了。

18

1945 年 5 月 11 日

亲爱的:

上一次我跟你说了那么多新闻。今天,和平终于到来了!和平这个词即将改变我们的生活。5 月 8 日,一个我永远也忘不了的日子。

还是没有你的消息。无论如何，我知道你还活着，而且总有一天你会读到这些文字。

1945 年 5 月 13 日

今天又有一批政治犯回到了根特。我正在经历的事情和内心的煎熬无法用言语表达。你是那么勇敢……请你给我一点信号。有一天你会回来，到时候我们就永不分离。

共产党领导人明纳尔特今天也会回到城里。也许他会知道一些关于你的消息。这几天肯定会有人告诉我一些关于你的事，那将是多么幸福……

维克和卡门

1945 年 5 月 14 日

今天我过得很不平静。上午有人告诉我罗伊斯先生安然到家。在去往德国的列车上他曾和你在一起，那是 1944 年 9 月。但是另一方面，我又听说了那艘沉船的消息：船上 9000 名囚犯里只有 450 人获救。你在那艘船上吗？这个问题太令人惊恐了。这样的折磨要持续到什么时候……

我必须让自己平静下来，赶走那些不好的念头。你很快就会回家的。

我们为你祈祷，亲爱的。

你的维克

另：我刚刚从一个政治犯口中听说直到4月9日你还是好好的，身体不错。感谢上帝！

陆续从集中营返回的囚犯们，带回的消息似乎都含糊不清。维克询问了明纳尔特和罗伊斯。他们俩都平安到家，但是完全没有任何关于罗伯特的线索。据卡门讲，共产党领导人明纳尔特在抵抗运动成员中知名度很高。他出生于布鲁日，从很年轻的时候就开始投身于争取弗兰德语阶层权利的运动。也正因如此，在第一次世界大战中他支持德国，并在德国人的帮助下建立了弗兰德大学。然而，一战结束后，他被控叛国，不得不迁往荷兰定居。在那里他致力于研究天体物理，直到第二次世界大战爆发。于是跟那个时代的很多知识分子一样，他成为了共产主义者。不幸的是，明纳尔特也没有罗伯特的消息：他被送进诺因加默，没错，但之后的事情就不知道了。

而罗伊斯就是出现在从开往诺因加默的火车上扔出来的小纸片上的那个人。他的名字在反面，罗伯特的名字在正面。“Alles Goed，”他们那时候写道，“一切都好。”但是，自从囚犯们开始陆续回到根特，维克便开始怀疑是不是真的一切都好。刚刚回来的人们往往很少有关于其他囚犯的好消息，而如果知道一些不好的消息，他们宁愿保持沉默。最好往前看，逐渐接受不幸的事实：“总有一天他们会知道的，我现在说出来有什么好处呢？”

有一次，有人给维克打电话说，有个自称罗伯特·慕斯切的人打电话到电台，说自己很健康，很安全，而且很快就能回家。维克好像一下子获得了重生，她和罗伯特的朋友们试图查询电话是从哪里打来的。赫尔曼多次找遣返代表询问罗伯特的名字是否出现在某个归国者名单中。每一次他都从上到下仔细查看所有的名单，但哪一次都没有关于朋友的任何线索。给电台打电话的那个罗伯特·慕斯切也许是另外一个人；或者也许是他们听错了，不是慕斯切，他说的是门斯切，谁知道呢。

1945年6月7日

你让我如此心急如焚！有多少囚犯都已经回来了，可你还是没有任何消息。已经六月份了，战争已经结束一个月了。我渴望知道一点点关于你的消息。所有人都认为你永远不会回来了，只有我不相信。你记得吗？一年前我们还在一起。如果当时你没走，现在我们也不会处在这样一个困境。看着你的照片，我会平静下来。你总是给我希望。只有这种时候我才会感到一丝希望，而其他时候，我感觉如此恐惧，如此迷茫……

我有不好的消息要告诉你。维雷科恩先生于1944年11月3日被杀害了。纳粹们为了一锅汤竟将他乱棍打死，他妻子痛不欲生。

在你身上不会发生这样的事，我的希望不会落空。我用尽全力相信很快有一天你会回到我的怀抱。

19

1945 年 5 月 3 日,英国皇家空军的一架侦察机以极高的高度飞抵吕贝克海湾的上空,以防受到防空武器的攻击。“盖波茨坦号”上的囚犯们挥动着手臂提醒飞机他们在这里,在这里恳求他们的帮助和解救。随着德国军舰发动射击,飞机便返回基地,并没有发现下面有成千上万的被囚禁者。

着陆后,飞行员在报告中写道:“我们飞越了海岸线。海湾中船舶的数量令人难以置信。到今天为止我们见到过的只是其中一小部分。他们似乎把所有的船都集结到此,什么样的都有:货船、巡逻舰,还有成排的潜艇。”

英国情报机构怀疑纳粹想前往挪威,以重整旗鼓,并在那里继续战争。必须不惜一切代价阻止他们。阻止纳粹逃跑并尽快结束战争:这就是温斯顿·丘吉尔的命令。

下午三点半,184 飞行中队的四架台风战斗机向吕贝克港发起了进攻。德国人已经在其士兵的军舰上挂上了白旗,但是没有把囚犯们船上的纳粹旗帜降下来,所以进攻的火力大多集中在“盖波茨坦号”。在台风战斗机投下的六十二枚炸弹中,有四十枚直接打中了这艘船的吃水线。惊慌失措的党卫军和囚犯们从客舱奔向甲板。有一些囚犯趁着混乱,试图解救被关在地窖里的苏联人。但几乎所有人都已经死了:二十四小时不吃不喝,已经虚弱到无法做出任何求生的努力,在第一次袭击时就被产生的热量窒息而死。马科斯成功地打开了存放救生圈的舱门,开始在囚犯中发放,然而被一个党卫军士兵看到并开枪打死了。曼德林克思试图用灭火器灭火,但是发现管子已经被切断了。他们听到一声巨响,仿佛脚下发生了地震:第二波进攻开始了。囚犯们的衣服都着火了。人人都试图逃生,上层客舱的人们踩着死人和伤者奔逃,踩着同伴们的尸体,并能够感觉到踩下去时他们的头颅是如何破碎的。"盖波茨坦号"的船头成了血染的红毯。一些党卫军士兵试图乘坐救生艇下去,但是在半空中就翻倒了,全都掉进了海里。其他党卫军士兵终于找到正确的方式下到救生艇上。那个外号"老俄"的考伯(kapo)游到艇边,恳求他们让他上船。然而艇上的一个人拿枪指着他的额头并扣动了扳机。囚犯们不得不从船舷往下跳,但是因为互相拥挤,很多人都撞上了船身。人们朝已经漂在海中的人们扔出桌子、凳子、木制家具,然后自己再试图攀着绳索下去。第一次进攻过后一小时,船身开始倾斜。数百人掉进了海里,其中包括曼德林克思。他撞到了锚,死在了海里。海湾的水中挤满了人,有的死了,有的还在奋力挣扎。几乎都看不见水:全都是浸湿的衣服和颤抖的脑袋。海水是如此冰冷,有力气游泳的人想要再回到船上。他们试图用短绳或毯子将身体系在船上,但是船身越来越热,并开始变得通红,令人无法忍受。"盖波茨坦号"的内部已经变成了一个巨大的炉子,被烧死在船里的人比淹死在海里的人还要多。

进攻持续了三个小时。在"盖波茨坦号"上的6400名囚犯中,有

4250 人没能逃脱死神的魔爪。而在六百名党卫军的士兵中,则有五百人通过救生艇安然逃脱。逃脱到海中的囚犯们也并没有交上好运:很多人在试图游到海岸的途中淹死了,因为只有渔船才会搭救他们。的确有人因为会说德语而获救。而即使是那些终于到达岸边的人们,这奋力的挣扎也没有换来好的下场:党卫军诺伊施塔特航海学校的军队学员们,一群十六七岁的少年,正端着步枪等着他们。筋疲力尽地到达沙滩,等待他们的却是致命的子弹。好几天滴水未进,被大火炙烤,又游了那么长的距离,囚犯们都严重脱水。他们哀求党卫军给点水喝:水,求求你!士兵们无情地拒绝了,还命令他们接着躺在地上,不许动。据说有一个绝望的人用手捧起海水喝,被一枪打死了。

很快,英国军队占领了港口和海滩,德国人投降了。就在同一片海滩上,战胜方要求纳粹士兵们在沙子里挖坑。党卫军的学员们只好拿出砍刀动手开挖,他们害怕自己即将命绝于此,因为纳粹们经常这么干:让你挖好墓穴,然后自己进去。但是不,这次的目的不一样:是为了掩埋从海上漂来的成千上万的尸体。

“盖波茨坦号”沉没后第四天,也就是 5 月 7 日,德国纳粹无条件投降。在之后将近二十年的时间里,波罗的海中还不停地有尸体被冲上岸来。

朋友们最后一次见到罗伯特是在第 65 号客舱。他再也没有离开那里。在盟军战机第一波进攻中,他被一枚导弹炸成重伤,倒在了地上,在一幅因为爆炸而掉落的画旁边。画面上是一个熟睡的小女孩。罗伯特闭上眼睛,小女孩用小手抚摸着他的脸颊,叫着“爸爸,爸爸”。那丝微笑是罗伯特最后的表情。

就在头一天晚上，也就是5月2日，英国情报机构通过红十字会得知海湾中的军舰上有数千名囚犯。他们立即向总部发送了一条紧急信息，请求取消进攻。不幸的是，这个信息没有到达英国皇家空军的飞行员那里。看起来那是一个疏忽，一个管理上的错误，为此付出了7500个生命的代价。

在“盖波茨坦号”和“泰尔贝克号”上的7300名囚犯中，只有366人逃生。“雅典号”没有受到攻击，盟军从上面解救出1998人。这是1945年5月3日在德国吕贝克港发生的空前巨大的海上悲剧。一场直到不久前一直被雪藏的悲剧。它从未出现在历史书中，因为这些书都是为了讴歌胜利而著。

我个人认为纳粹们当时的意图是用潜艇的鱼雷将“盖波茨坦号”就地炸沉，但这已成为永远无法解开的谜题。虽然英国皇家空军承认是自己的责任，但从未向英国人公开请求过原谅。那个时候的媒体在谈到“盖波茨坦号”的悲剧时，都当作一场胜利，就像纳尔逊将军时代的海上扬威，却从未提及任何关于数千名囚犯死亡的内容。“盖波茨坦号”却一直停在海湾中，一直到1950年还赫然在目，因为波罗的海的水并没有多深。后来它被拆毁并作为废铁回收了。

而“泰尔贝克号”后来又重新起航了。它被修理并转手，重新命名为“雷恩贝克号”。过了很多年，最后在斯普利特造船厂被拆毁。在开始拆卸时，人们还在船的龙骨内发现了人类遗体。

20

1945 年 7 月 29 日

亲爱的：

我是如此沮丧而悲伤，真想说："够了！"然而，我必须得跟你交谈。是的，我的爱，我再也见不到你了。但是在精神上我们结合得如此紧密，以至于我每天都能感受到你的存在。这种在内心灼烧的痛，有一天会过去吗？我真的无法想象你永远不会跟我们在一起了……但是，既然你音信全无，我只能接受这最坏的情形。

这真是艰难的一天。我去了为瓦莱雷·彼利埃特教授，也就是马科斯举行的弥撒。在那里他们说所有那些失去生命或失踪的人们都会跟我们在一起，他们生前都是伟大的人，现在也是，因为他们是为了一个更好的世界而牺牲的。没错，亲爱的，你付出了生命和全部幸福，就是为了人们能更好地生活。你的牺牲不会是徒劳的。

你教会我如何生活，告诉我现在没有了你该如何活下去。为了我们的女儿，为了一切。

我们的小宝贝，我会按照你的原则来教导她，会告诉她你是一个多么好的人。每当念到“父亲”这个词，她总会充满爱和尊敬。我会教她做一个像父亲一样的好人。

你知道吗？现在我稍稍平静了一些，我需要休息一会儿。请你出现在我的梦里，这样我会得到片刻的幸福。

一个甜蜜的吻。

你永远的妻子

维克

多年以后维克告诉卡门，有一天她去看电影，在影片放映前的新闻里看到了在“盖波茨坦号”上发生的事情。她被深深地震动了。好几千人死于非命。她只知道吕贝克在汉堡附近。但还是没有任何关于罗伯特的消息，谁也不知道他会在哪里。她做梦都没想过他会在那艘船上。

直到很久以后，维克才知道丈夫曾经被关在诺因加默。她曾多次给红十字会写信，称自己的丈夫被带往德国，但不知道具体在哪儿，希望他们能看在上帝的份儿上帮忙找到一些线索。然而所有的信件都如石沉大海：红十字会从未回复过。

从1946年5月26日起，维克停止了写日记。整个一年中她都没有写下任何句子，但是在最后一篇日记里，可以看出强烈的倾诉欲望。她似乎很愤怒，觉得发生的这一切都毫无意义，不管是她所写下的还是她所经历的。

她承认没能好好照顾女儿，对她教育得不够，这个世界的运转没有她想象的那么顺利。他们曾一起梦想过的美好世界在哪里？人类发明了原子弹；盟军以和平的名义，在日本进行了可怕的杀戮。在这种威胁下，什么样的未来在等待着她的女儿？冷战开始了，曾经是盟友的国家一夜之间反目成仇。整个世界都无心团结，每个国家都只顾自己的发展，唯利是图，只想得到更高的地位。

而过去的朋友们在哪里？罗伯特的老朋友们跟维克没有任何联系。那些知识分子们已经将她们母女遗忘了。雪上加霜的是，政府还不肯承认她获得寡居补助的资格。

在日记的最后一页，维克写下了心力交瘁的句子。

维克从安特卫普监狱取回了罗伯特的个人物品。一块腕表，仅此而已。这是那个登上火车的男人留下的唯一遗物：一块方形的旧表，造型优美，仿佛是皮质表带的延伸。表框是银质的，只在三个点上有数字：9、12、3。在本应是6的位置，有另一个微小的表，是用来读秒的。大指针停在了将近3点。没有细指针。表已经破了，玻璃裂了缝，但还不至于碎开。表停在3点之前的几分钟，直到今天。

在安特卫普，狱卒们对他用刑的时候摘下了这块手表，再没有还给他。干吗要还呢，在德国集中营他根本用不着。手表跟一张小小的标签保存在一起：纳粹们把一切都整理得井井有条，甚至死亡。在标签上写有囚犯的姓名和出生日期，以及物品描述。

姓名：罗伯特·慕斯切

出生日期：1912年11月7日

内容：N 115

手表 1 个，白色，皮表带

诺因加默集中营的总指挥官马科斯·保利，最后被审判并被绞死。但是有很多纳粹军官甚至根本都没被带上法庭。虽然听起来令人难以置信，但是诺因加默一直到 2006 年还作为监狱存在。第一个纪念碑于 1953 年揭幕，用以缅怀在集中营内死去的孩子们。一直到将近五十年后，才雕刻了一个纪念碑，并建立了一个博物馆来纪念所有曾被关押在那里的人。

2005 年博物馆开幕时，卡门·慕斯切和她的丈夫马克受邀出席，跟其他的幸存者以及囚犯的家属们一起。这时，时间已经过了六十年。

随着时间的流逝，对卡门来说，失去父亲的痛苦与日俱增。她常问自己，如果父亲当年回来了，她的生活将会怎样。但最令人痛心的是罗伯特连一方小小的坟茔都没有，一个在她悲伤沮丧的时候可以去寻找慰藉的地方，或者当她想要分享快乐的时候可以去倾诉的地方都没有。

21

保罗·弗雷德里克大街，屋外有人敲门。维克从猫眼中看到来客，感到很意外。是赫尔曼。他已经有很长时间没来了。犹豫了一下，她打开了门。

赫尔曼从未觉得维克如此美丽。雪白的皮肤上，双唇格外红艳。蓝色的眼睛有些疲惫，但这种疲惫赋予它们一种特别的优雅。

“我知道因为你经历的这一切……”

“谁也不知道。我自己也不知道。幸好我还有女儿，她对我是一个巨大的安慰。”

赫尔曼感觉到一种强烈的欲望，想要拥抱维克，想要紧紧地将她抱在胸前，开始吻她，吻她的脖颈、她的嘴唇、她的胸。

“是什么风把你吹来了？很长时间都没有你的消息。那个时期的朋友们……全都消失了。”

赫尔曼想告诉她，是因为爱，或者说心无所依，或者说怅然若失；是那种将亲密朋友的妻子搂在怀中的焦灼，抚摸她全身的渴望。那是一个疯狂的念头，对纯粹快感或对权力的狂热，谁知道呢。但是如果他当时在维克脸上捕捉到任何表情，任何表示接受的信号，也许他们会当场做爱。

“我写了一本关于罗伯特的书，我想第一本应该赠予你。”他一边说一边从背包里拿出书，“我给书取名为《纪念罗伯特·慕斯切》。不是什么长篇巨著……”

维克没有意料到这样的事。她将书捧在手里，抚摸着封面良久，眼圈红了。然后她抬起头，柔声向他告别：

“好吧，现在我得去照顾孩子了……再见！”

“时光飞逝，朋友，我也已青春不再。年轻的时候，你是如此富有活力,面对任何障碍都勇往直前,仿佛世界很小,你可以用自己的力量去改变世界。我们曾是如此单纯,以为自己是宇宙的中心。但是现在我已然失去了这种力量。现在的我,只是苟延残喘,别无他想。我经常任凭自己被时间的脚步放逐,静静地躺在床上,仿佛再也不会起来。我再也没有精神去面对生活的攻击,我接受着它的鞭笞,看着它一点一点地将自己的生命扼杀。就像一个被丈夫毒打的女人,又像落入虎口的羚羊。啊,罗伯特,如果我拥有你的力量……现在我已经适应了:这是人不再年轻时必须经历的事情之一。慢慢地,我正失去在世界上的位置,恐惧也成倍地增长。我不信任那些年轻人,在他们眼中我是一个可恨的作家。罗伯特,你拥有一种异于常人的勇气,我是多么想念你说过的话。我们一起经历了那么多的事情,你还记得吗?不认识的人都以为我们是兄弟。就像那次我们去奥斯都因科尔克的时候,赫尔曼和罗伯特兄弟!当得知事实并非如此时,所有人都非常惊讶:'你们连表情都一模一样!'没错,即使是现在,有时候我看着自己的照片,就好像看到了你:我在自己的脸上看到了你的表情。而有时候我一说话,就会在心里对自己说:'嗨,这不是罗伯特么。'你在最美好的年华失去了生命;而我,有时候感觉到自己正在死去,生命的火焰正逐渐熄灭,这并不是多么可怕的事情。我知道,你不会原谅我说出这些话:你,我最好的朋友,不但直面战争,而且付出了生命;而我现在却失去了活下去的勇气。我不止一次地想过,如果死亡是一种转瞬即逝的东西,那我也愿意落入它的怀抱,几天,或者几个月,不再活着。没错,如果死亡是暂时的。我已经厌倦了忍受这种痛苦,这种内心极大的空虚。我曾问自己:'还会有人比我更幸福吗?'在那个渔民的小屋,我拥抱着你。那么,还会有人比我现在更空虚吗,罗伯特?”

赫尔曼在一张散页上写下了这些文字,任凭思绪信马由缰,没有任何的羁绊和雕琢,甚至好像高烧时的呓语。但后来这张纸被撕成了四瓣。他独自待在楼上的房间,在打字机面前,抱起双臂,把头靠在胳膊上。虽然坐在窗前,但是深沉的夜吞噬了运河。窗玻璃上除了映出他自己的面容外别无他物。

一首古老的中国诗歌写道,如果两个人曾深深相爱,如果两颗心曾紧密相连,当其中一个人死了,真正死去的是另一个还活着的人。

第三部分

22

卡门·慕斯切几乎倾其一生都致力于收集能够找到的，关于发生在她童年时那场灾难的遗物，并逐渐将它们保存在内心的空洞里，正如保罗·弗雷德里克大街上那座公寓里的小女孩，把东西保存在阳台的空洞里一样。

在诺因加默集中营五十周年纪念的时候，她请求丈夫马克陪她一起去：她的父亲在那里失去了生命，如果他能一起去，她会十分感激。在那之前，卡门从未对他谈起过父亲。那是 1995 年，她开始翻阅父亲的文件，试图弄清楚当年究竟发生了什么。她的母亲维克把所有的东西都保存在盒子里：书本、信件、照片。罗伯特的整个一生都封存在纸盒里。

在诺因加默，卡门遇到了一件特别巧的事情，跟当年囚犯们从诺因加默到吕贝克港口的徒步跋涉有关。

数千名囚犯日以继夜地行走，连歇一口气的时间都没有。在这些步行者中间，有一对筋疲力尽的波兰兄弟，他们已经对活着到达吕贝克失去希望了。突然，一个年轻的法国人开始唱起一首儿歌：

Á la claire fontaine,
M'en allant promener,
J'ai trouvé l'eau si belle
Que je m'y suis baigné.

Il y a longtemps que je t'aime,
Jamais je ne t'oublierai.

我徜徉在
通往清泉的路上
水于我如此美丽
我愿以水涤荡自己

爱已久远
永不相忘

不计其数的囚犯因为这首歌而逃脱了死亡:他们开始跟着周而复始的节奏前进,在年轻人的嗓音和天真无邪的歌曲中逐渐恢复了力气。

五十年后,那对波兰兄弟中的一个走到法国老兵们中间唱起了那首歌:“我徜徉在,通往清泉的路上……”他不确定会不会有人跟上这个旋律。然而,其中一个老人立刻转过身来——正是那个唱歌的法国年轻人!半个世纪以后,他们拥抱在一起。

卡门记得,在父亲去世后的头几年,她们母女的生活十分窘迫。

母亲决定去安特卫普生活，寻求家庭的支持，而卡门则留在根特跟奶奶，也就是罗伯特的母亲在一起。因为她希望能够兑现对丈夫的承诺：女儿要在根特成长并完成学业。

对小女孩来说，远离母亲是残酷的：每次母亲从安特卫普回来，她总是在公共汽车站等。如果母亲没有立刻下车，她就开始焦虑不安，以为母亲没有回来找她。但是维克从不失约。母女俩一起散步时，如果身边有电车经过，她会感觉母亲马上就要搭上电车远走高飞。最后，当最艰难的日子过去，维克决定离开安特卫普回到根特，跟女儿相依为命。她在大学的食堂当厨师，一直到退休。

“你母亲后来又恋爱了吗？”为了缓解一下她的情绪，我询问道。

“是的。在维克的生命中还有另一个男人。他是个医生，一个很好的人，真的。我还记得他对我非常好。但不管怎么说，他来自一个严格的天主教家庭，他们对维克没什么好印象：寡妇，还带着一个女儿……最后他们放弃了。但是后来这个男人在我生命中所有的重要时刻都在场。我结婚的时候，他在那里，坐在教堂的后排。我的两个孩子出生的时候，他也到医院里来向我祝贺。”

“这个医生后来跟别的女人结婚了么？”

“我想没有。”

“他后悔没有跟你母亲坚持走下去。”

“那是肯定的。但不管怎么说，当这段关系结束的时候，我母亲反而感到某种解脱。她紧紧地抱着我，并对我说：‘从今往后你和我一起，卡门；不要男人，就你和我。’她做到了。从那以后，我们之间的关系非常亲密。她老了以后也来跟我们住在一起，在洛克里斯蒂。她是一个乐观的女人。即使在经历了生命中所有这些磨难以后，也从未流露出任何愤恨。”

2006 年 12 月 10 日，卡门和马克来到根特的比尔洛克音乐厅听音乐会。当天演奏的是迈克尔·海顿的交响乐，指挥是弗洛里·安赫伊瑞克。在开场前，指挥向观众致辞，而在他谈到的很多内容中，提到了是他的母亲朵拉·玛伊把这位作曲家的传记从德语翻译成了荷兰语，在大厅一张专门的桌子上可以看到这本书。

“他说的是朵拉·玛伊？”卡门问马克。

“我听到的也是这样。”

对卡门来说，这个名字很熟悉，因为她在父亲的信件里读到过。“没错！朵拉·玛伊曾在费雷尔兰大街住过，跟我父亲一样，”她对马克说，“她大概比他小十来岁。”卡门知道罗伯特和朵拉曾是非常好的朋友，家里有她写给他的信，正好是在罗伯特前往西班牙内战时期。所以，卡门想朵拉一定也认识卡尔门图·昆丁。

中场休息时她来到大厅的桌子旁，向忙着卖书的年轻人询问朵拉。她不知道这个男孩就是朵拉的孙子。

“那边那位年长的女士就是朵拉。”年轻人回答。

她已经过了八十五岁，但依然是个优雅的女人。她的丈夫坐在旁边，看起来也是神采奕奕。

“朵拉·玛伊？”

“正是。”

“我是卡门·慕斯切，罗伯特的女儿。”

“上帝啊，上帝啊，我真不敢相信！”朵拉双手捂住脸。

她把卡门拉到一个角落，向她讲述了许多往事。比如她丈夫年轻的时候是个律师，曾经在战争受害者办公室工作；比如因为罗伯特的尸体一直没有找到，维克无法享受政府养老金。直到好几年以后，由于朵拉丈夫的努力，政府才终于给她发放了这个津贴。他们在文件里找了又找，最后终于能够证明罗伯特在吕贝克牺牲了。

“后来你母亲搬到安特卫普，我们就失去了联系。”朵拉解释说。

“你记得一个叫卡尔门图的小女孩吗？”

“当然，我怎么会不记得！我们曾一起整天唱着西班牙共和国的曲子！”于是她开始低声哼唱起什么，嗓音尖利而低沉，目光迷离。

中场休息结束了。音乐会的第二部分就要开始了。

“哪天来我家。”朵拉邀请她，“我有一样东西要给你。”

当卡门来到她家，朵拉·玛伊从一个樱桃木的斗橱里取出一块手帕。她仔细地打开手帕，从里面取出一个小小的绣品。

“这是卡尔门图从毕尔巴鄂随信寄过来的，用以表示感谢。看这绣得多好！她寄来的信是用弗兰德语写的，这可怜的孩子，她还记得这个语言。就四个词，勉强能表达她很好，叫我们不用担心。但是，比语言更能表达心意的是这刺绣，这是她用小小的双手完成的作品。从那以后就再也没有她的消息了。我们失去了联系。我们生命中的两个卡门都消失了……直到今天。”

卡门把刺绣捧在颤抖的手中，用拇指轻轻地抚摸它。

“你把它拿走吧。”朵拉提议说。

“不，这并不属于我。是寄给你的。像以前一样好好保存它吧！”

告别的时候，朵拉在门口向她坦白：

“我真的爱过你的父亲罗伯特。不幸的是，他没有同样的想法。一开始我们都觉得他跟你母亲不合适。也许我们所有人都有点嫉妒她。但是现在，我敢肯定没有人比维克更适合他。他选对了人。”

卡门把朵拉年轻时写给罗伯特的旧信赠予了她，这是她在那些盒子里翻箱倒柜找到的，那些盒子装满了父亲的回忆。朵拉激动地接受了。作为回报，朵拉给她看了自己最近几年写的一首诗，诗的第一段提到了罗伯特和卡门本人：

所谓过去，就是有一天结识了
曾经爱过的男人的孩子

“你为什么要讲述罗伯特·慕斯切的故事?”吃完晚饭以后，在起居室中单独相处时，马克直截了当地问我，“我知道，在麦德林诗歌节上，记者胡里奥·浮罗德跟你谈起过卡尔门图·昆丁，也谈起过罗伯特。我觉得这非常好，尤其是，在那块罗伯特一直向往的大陆上谈到他。但是，告诉我，你想要写这部小说的深层原因是什么?”

马克的问题让我很意外，因为之前我们已经聊了一会儿了，一直谈论着旅行和政治，并不深入却充满趣味。

“我有好几个月只字未落。”我说，“甚至都不知道下一本书将会是什么样。一个挚友的逝世让我十分消沉，而这一损失又与我小女儿的降生几乎同时发生。我感到迷茫，一方面很高兴，另一方面又很悲伤。当然，之前我也知道一些关于战争孤儿的故事，对他们的经历我一直很感兴趣，但是对我来说，专门讲述他们的故事是一件很复杂的事情。”

“现在应该还没到合适的时机。”

“没错。但是，从卡尔门图这冰山一角，我发现罗伯特的故事引起了我的共鸣。接着又出现了赫尔曼，他最好的朋友，也是个作家。还有卡尔门图，以及以她的名字命名的女儿卡门。尤其是维克，那个保存着所有记忆，好让卡门有一个父亲的女人……她保存着他的藏书、信件、文章、物品……所有的一切。有种东西让我觉得，这就是我应该讲述的故事，一个跟我完全吻合的故事，一部反映我那时候真切感受的小说，因为其中出现了失去的朋友、爱和女儿。幸福和失去。一个世界的沦陷和另一个世界的开始。这就是我来这里的原因。坦率地说，了解罗伯特的生活对我来说也是一种抚平伤痛的方式。不过……"

"但说无妨。"马克一边往杯子里放冰块一边说。

"跟你们一起度过了几天之后，我又有了另一个愿望。"

"什么愿望？"

"希望这本书也能够成为罗伯特的小小纸上坟墓。就是卡门从未能够探访的那座。"

23

第二天我们约了艾维特·蒂埃里，赫尔曼的儿子，在他的诊室里见面。他是个医生，专门治疗精神疾病。在发给卡门的电子邮件里，他表示能给我们的时间不多,但是最后我们的谈话时间要比预想的长得多。

蒂埃里的诊室里堆满了文件。右边是一个巨大的书架,装满了书本。对面是书桌。他身后是窗户,拉着绿色的窗帘。左边是一个小桌,上面放着用来向患者展示的画、报告和更多的书。

蒂埃里平易近人,声音低沉,嘴边总是挂着一丝笑意。我向他询问他父亲的生平。

“他已经去世很多年了。不过你要知道,这对我们来说并不是一件多么创伤性的损失,因为他一直如此沉溺于他的文学创作。”

“他的日常生活是怎样的?”

“退休打乱了他的生活。以前他白天在图书馆工作,夜间则进行写作。他当了很多年的图书馆馆长,在奥特哥拉特,离学院很近。一头是真实的世界,另一头是虚构的国度,他的生活就是这样分配的。等我们睡了,他就上楼回到自己的房间,开始构建另一个事实。但是在他退休以后,一切都变得很糟糕:他无法很好地组织自己的生活。我想,这种生活的失衡对他影响很大。没过多久他就去世了,几乎就是刚刚离职之际。”

“在战争期间人们能体会到激情么?爱在人的生活里占什么位置?”

“战争跟我们正在经历的普通情形不一样,现在基本上一切都是稳定的。而在一场战争中,所有之前坚实的东西:一座房子、一个家庭、一份工作,所有的一切都可能在顷刻间分崩离析。没有什么是固定的,这就迫使人们改变其行为方式。人们更加深刻地去经历事情,体会爱,当然,还有性。在那个时候,性关系是非常有激励作用的,因为谁也不知道第二天还会不会活着。”

“你父亲写过一本书，书的题目是一个巴斯克语的词：Baratzeartea。这个名字来自哪里？”

“据我所知，我父亲去了一趟法属巴斯克地区，似乎是去拜访一位作家朋友。在那里他听说的这个词，人们告诉他 baratzeartea 的意思是房子与院子之间的篱笆。”

“两个世界之间的分界线。”

“是的，我的父亲喜欢这样的泾渭分明：日常生活和欲望，生与死。他一直生活在这样的空间里。他的文学也是。”

“从各种角度上来看罗伯特都是一个英雄。这位英雄有什么弱点吗？因为让人感觉在他的人格中全是正面的特征。这几天卡门和我正在讨论这一点：同情战争孤儿、好朋友、抵抗运动成员……罗伯特没有任何阴暗面吗？”

“我认为，如果说罗伯特有什么阴暗面，那就是他是英雄这个事实本身。我的父亲没有那么理想主义，而是更加倾向于实用主义，如果你愿意知道的话。虽然也参加过对抗纳粹的抵抗运动，但他安然度过了战争。然而罗伯特为了一个更加美好的世界，为了消灭纳粹，付出了一切。他正是那个时代所需要的那种人。也许在战争中牺牲的总是最好的一批人，最好心的人。但是作为一个英雄也有其隐藏的一面，也就是他的反面。你看维克的命运，还有卡门的命运，一个失去了丈夫，一个失去了父亲。成为一个英雄的反面正在于此：在于他留在身后的所有痛苦。所谓他阴暗的一面，就是曾有过如此坚定的想法……无论如何，我要重申，那个时代需要他这样的人。是的，牺牲的都是那一代中最优秀的人，这一点我毫不怀疑。”

“然而，是幸存下来的人们推动了社会的进步。”

“我父亲有一部小说题目叫《平静的火车》，书中他写道，在生与死之间有一种中间状态。在构思这本书的时候，他是以科学规律为基础的，就是惯性原理，也就是说当人体处于运动状态，而我们突然使它停止下来时，这具躯体将继续运动。当我们从前进的火车上跳下来时，还会继续往前跑，而无法停留在原地。这就是牛顿第一定律。按照我父亲的观点，当一个人死去时会发生类似的事情：在一段时间里，这个死人仍然活着。也就是说，他达到完全死亡还需要一段时间。他告诉你，有些人永远地死了，而相反，另一些人又活过来了。罗伯特没有回来，而我父亲却回来了……重新活了过来，就好像从一场噩梦中醒来。”

“你说的这个跟服丧有关。当一个人死去，必须经过一段服丧期，直到死亡深入到这个人的内部。从某种意义上来说，这个死人在此期间依然活着。”

“有可能……”

“赫尔曼对罗伯特感到内疚吗？在你父亲写下的文字中确实出现过类似的感情。”

“当然，甚至他不止一次地承认过。说到底，我父亲活着度过了战争，而罗伯特却死了。他失去了一个挚友，可以说是最好的朋友。而同时，他也失去了过去。”

“过去？”

“他失去了最好的朋友，永远的朋友。罗伯特从未对他说不。即便最后罗伯特终于跟维克在一起找到了平衡和幸福，也还是接受了我父亲的提议参加抵抗运动。失去一个这样的朋友就意味着同时也失去了生命的很大一部分，你的现在、你的将来，甚至你的过去。昨日那些美丽的碎片永远地失去了。你再也回不去从前。”

“但是，他会永远保存着对这份友谊的回忆。”

“当然。你看他在几部作品中都提到了关于罗伯特的内容，”艾维特从桌上一堆书中抽出一本，“《马焦雷湖》，写于1957年。在多年的悲伤之后，这是一本乐观的小说。书里是这样评价罗伯特的……”

艾维特开始大声朗读起来：

> 我们在意大利奔波了几百公里，看到的只有新的建筑和中世纪的废墟。十年前发生的那场悲剧已经无影无踪。
>
> “难道还会有人想着四十年代那场战争吗？而我却正在大声地回忆。”
>
> “也许是那些已经不在了的人们。”我们中间有个人说。
>
> “你们很容易猜到现在我想到的是谁。他的照片还在我房间里挂着。”
>
> “知道，”那个女孩说，“是罗伯特·慕斯切，你那个在抵抗运动中牺牲的朋友。”
>
> “他是一个平和的人，心地善良。说到底，他是个英雄：他的内心有一团圣火，波罗的海几百立方的水才能将它浇灭。他就长眠在那里……他是一个梦想家，深爱着生命的斑驳风景……如果他能来，跟我们一起站在这里，他将会多么享受这个旅程。”
>
> 而现在，我在这里，又怎么样！我，在我们最后一次见面时，曾那样激情四射地跟你谈起生活的奇幻冒险……

但是也会轮到我的，罗伯特，或早或晚，我的大限也将来临。

“写得真美！”我惊呼道。

“我认为，我父亲感受到的首先是遗憾：遗憾，因为他曾是个好朋友；遗憾，因为他曾是个好父亲；遗憾，因为他曾是个好作家。卡门也许告诉过你，在她小的时候，每次我父亲见到她，都会抱她，并泪流满面。”

“没错。”在整个交谈中一直保持沉默的卡门接过话题，“一开始我很感激赫尔曼那温暖的怀抱。再说，他是那么高大，两只长长的胳膊张得大大的！但是我得承认，我最后还是从他怀里逃走了。我不想遇见他：你想想，一个身形像熊一样高大的男人，抱着我哭……！”卡门半开玩笑半认真地说。

卡门·慕斯切的出生过程漫长而艰难。如果没有弗朗斯·达埃尔斯医生的帮助，她很难来到这个世界。战争结束后，达埃尔斯因为同纳粹合作而被判处死刑。他不得不逃往瑞士。数年之后，也就是五十年代，他得以回到根特并重操旧业。达埃尔斯一家跟卡门住在同一所房子里，而在楼梯上，她跟医生的儿子卢克结下了友谊，那个时候他大约十二岁。卢克无法就读任何公立学校，由于父亲不光彩的过去，他被禁止入学。但是，通过这样那样的方式，他最终得以完成学业，并随着时间的流逝，终于成为根特大学的教授。卢克·达埃尔斯的艺术作品可以在城里看到。

卡门曾不止一次地跟他一起出现在媒体上。一个与纳粹合作的人的儿子，和一个在抵抗运动中牺牲的作家的女儿。尽管如此，他们还是朋友。

卡门向我展示了一本杂志，上面有他们两个人的照片。我很惊讶于卢克如此坦率地承认他的父亲曾是纳粹的支持者，不像其他很多人那样遮遮掩掩。

24

一直到2008年，在比尔巴鄂举行战争孤儿的纪念活动时，卡门·慕斯切才得到了关于卡尔门图·昆丁的消息。那些战争孤儿们和收容他们的家庭都受邀参加。首先在桑图尔塞港抛掷鲜花，以纪念“哈瓦那号”的航行，接着在巴斯克剧院举行了简单的仪式。卡门决心不惜一切代价打听到关于卡尔门图的消息，这也是她此行的主要目的。卡尔门图发出的最后一个生命迹象就是寄给朵拉·玛伊的绣花手绢。但那已经很多年以前的事了。

卡门非常紧张，手里拿着一张旧照片到处询问，卡尔门图·昆丁是否在这个大厅。她寻找着有没有哪位女士看起来像她，想象着已经年长的卡尔门图会是什么样子。

她没有找到卡尔门图，但是找到了她的哥哥拉蒙，已经年迈，而且患上了阿尔茨海默氏症。他的记忆正在一点点减弱、消失，就像当年在根特，那些腿上绑着讯息的鸽子们一样，逐渐远去。通过多方探询，卡门最终找到了卡尔门图的一个侄女。

“我只想知道一件事。”她说，“回到巴斯克地区后，卡尔门图幸福吗？”

“是的。她结婚了，后来过得很好，虽然没有孩子。她一辈子都是裁缝，她的手非常巧。”

卡门看着这个女孩的眼睛。她的眼睛跟卡尔门图一样，黑色的，深邃的黑色。

在《纪念罗伯特·慕斯切》这本小书中，赫尔曼提到，他的妻子怀孕了，他想给孩子取名罗伯特，来纪念死去的朋友。新生儿是个女婴，取名为弗雷德里克。她出生于 1945 年 12 月 11 日，但是没过多久，次年的 2 月 2 日就夭折了。

赫尔曼给第二个儿子取名为艾维特，所以我以为赫尔曼并没有将他的想法付诸实践。

我问卡门，但卡门说她一无所知。

不久前，她写信告诉我，她在故纸堆中找到一本小册子，上面是赫尔曼写给女儿的四首诗，上面有手写的致辞：致维克和卡门，怀念我们亲爱的弗雷德里克—罗伯特。所以最终他还是兑现了诺言，给女儿取名罗伯特。

我的女儿阿拉内出生于 2010 年 11 月 27 日。而 2011 年 4 月 24 日，我的朋友艾特索尔·阿拉迈奥去世了。在我们最后几次交谈的时候，有一次他跟我说：

“你应该写一个关于英雄的故事。”

“你知道的，对我来说，不存在什么英雄。我喜欢人性脆弱的一面，而不是什么丰功伟绩。那些英雄让我感到害怕。”

“我说的不是那样的英雄,而是普通人。英雄就在我们身边,过去和现在,在这广袤的世界上,那些致力于帮助别人的普通人英雄。”

那时我沉默不语。但今天我承认他是对的。英雄就在那里,时常为我们牺牲的普通人英雄。

好吧,我的灵魂之友,这就是一个关于英雄的故事。

索萨利托,2012 年 3 月 19 日

翁达罗阿,2012 年 10 月 26 日

致 谢

感谢卡门·慕斯切,向我讲述她父亲的故事。

感谢玛鲁哈·米朗特和卡门·米朗特,战争孤儿中的两位,为我做的见证。在荷兰语的章节中,我得到了英格·维艾瑟尔的帮助。特别要感谢记者胡里奥·浮罗德,告诉我如何找到卡门的家。

在这部小说的写作过程中,我经常查阅耶稣·J.阿隆索·卡尔巴耶斯的作品《1937,疏散至法国和比利时的巴斯克儿童》《一场儿童迁徙的历史和记忆,1936—1940》。还有约翰·戴斯内的《纪念罗伯特·慕斯切》,那是一本在他死后向他致敬的书。为了了解第二次世界大战的尾声以及"盖波茨坦号"的情况,我查阅了大卫·斯特拉福德的《残局,1945,被遗失的二战最后篇章》。同时,为了得到关于集中营的资料,我还查阅了赫尔曼·凯恩布格的《诺因加默集中营:1938—1945》,诺因加默集中营纪念馆出版。在雷蒙德·凡·皮埃的《1944年我二十岁——来自布卢门撒尔的诺因加默的故事》所收集到的见证中,我也得到了许多帮助。普里莫·里维的小说《如果这是个人》在这部小说的整个写作过程中都是我的旅伴。

这本书的写作要感谢在圣弗朗西斯科的海岬艺术中心停留的两个月。

致卡尔门图·昆丁以及所有的战争孤儿,致昨天和今天,希望人类永不再重蹈覆辙。